前世不死身の魔王にとって、デスゲームはぬるすぎる

高橋びすい

MF文庫J

口絵・本文イラスト●kakao

第1話　デスゲーム

1

「ん……うーん」

白波逢真《しらなみおうま》が目を覚まして一番最初に見たのは、豪奢《ごうしゃ》なシャンデリアだった。

起き上がって周囲を見回してみる。

逢真が寝ていたのは豪華な赤いカーペットの上。部屋はだいたい学校の教室くらいはありそうな洋間で、中世の城の一室のような雰囲気だった。棚には動物のぬいぐるみが置いてあったり、テーブルのコーヒーカップは可愛《かわい》らしい花柄だったりと、全体的にメルヘンな世界観を感じる。

壁に白くて大きな横長の額縁がかけられている。中に入っているのは真っ白い紙で絵は入っていなかった。

——なんだ、ここ。

まったく見覚えのない場所だ。どうしてこんなところにいるんだろう？

逢真は記憶をたどってみる。少し混乱しているから今日一日のことを軽く振り返る。

朝、いつものように家族で一番最後に起きた。制服にそそくさと着替えると、リビングに行き、「おはよう」と一言。両親からは挨拶が返ってくるが、義妹にはスルーされつつ、朝食を取って学校——千葉県立銀翼《ぎんよく》高校に向かった。二年F組で一日授業を受け、休み時間は特に誰かと話すこともなく、校門を出て帰路についた。

文章にしたらわずか四行で説明できてしまうほど何事も起こらない一日。男子高校生の日常としてはあまりにイベントがなさすぎて寂しくも思える。けれど逢真《おうま》にとっては平凡な一日であり、そして愛すべき一日だった。

その日常に亀裂が入ったのは帰宅途中の通学路。

五月の暖かな陽気の中、普段通りの帰路を平和に歩いていたのだが、今思えば、人通りが全然なかった気がする。

横断歩道を渡ろうと信号が青になるのを待っていると、目の前に黒いバンが滑り込んできて止まった。

「……？」

明らかに進路を妨害されたので逢真はちょっと眉をひそめる。

いぶかしく思いながら見ていると、サイドドアが開き、中からゴシックロリータに身を包んだ女性が二人出てきた。

「「……」」

髪は長い銀色でふんわりとパーマのかかった髪型も判で押したように一致している。顔には白い仮面を被《かぶ》っており、それが女性の顔をしていたのと、服装が女性のものだったので逢真は二人を〝女性〟だと認識したが、実際の性別は不明だ。

女性二人は逢真の両脇に立ち、逢真の動きを封じた。

「あの、何の用ですか……？」

逢真は尋ねるが、二人は答えず、一人が逢真の背後に回って口に布を押しつけてきた。

すーっと意識が遠くなっていく。

やばい、何か薬をかがされた、というところで記憶が途切れている。

おそらくそのまま昏睡《こんすい》し、ここに運ばれて目を覚ましたのだろう。

逢真は改めて、部屋の中を見回した。

部屋には逢真の他に、十人ほど人間がいる。老人もいれば高校生くらいの人物もいるし性別もまちまち。町の中からランダムに人間を拾ってきて箱に押し込んだような感じがする。

ここに集められた人間たちの様子が逢真は気になった。逢真と同じように連れてこられたとしたら、みんな無理やり眠らされて連れてこられたのだと思う。それにしては妙に落ち着いている。これだけの人数がいれば、一人くらい騒ぎ出す者がいてもおかしくなさそうだが……。

「あれ？」

制服姿の少女が逢真《おうま》のほうに近づいてきた。

「白波《しらなみ》くんだよね？」

「……沖島《おきしま》？」

彼女の名前を逢真は知っていた。

沖島七菜香《ななか》。逢真と同じ銀翼《ぎんよく》高校二年F組の生徒だ。髪を綺麗《きれい》な金色に脱色していて、制服の着こなしも洗練されている、典型的なスクールカーストトップの女子生徒。一方の逢真は雰囲気暗めの陰キャ系男子生徒なので本来なら七菜香と会話をするなんてありえない。ちゃんと喋《しゃべ》るのは初めてだ。

「まさか同じクラスの子と一緒になるなんて思わなかったなー。なになに？　白波くんもお金が欲しい系？」

ニコニコ笑いながら馴《な》れ馴《な》れしく話しかけてくる。ただ、その表情はややぎこちなく、何やら少し緊張しているように見えた。

また、何やら懐かしい感覚を覚えた。それが何なのか、このときの逢真は気づかなかった。懐かしさよりも七菜香の言葉への疑問が勝った。

「お金？」

逢真がオウム返しに訊《き》くと七菜香は怪訝《けげん》な顔をした。

「ん？　お金が欲しいから来たんじゃないの？」

「ここに来ると金がもらえるのか？」

「ええ、フツーそんなことも知らないでこんな怪しい場所に来る？」

逢真たちのほうを他の人間たちが見ている。その視線を見るに、どうやら逢真以外の人間は皆、自分の意思でここに来たようだ。

「俺は間違って連れてこられたみたいだ」

逢真が言うと、

「そんなことありえるのかなぁ？」

と七菜香は首をかしげる。

「逆に沖島はどういう流れでここに来たんだ？　ネットで情報が出てたとか？」

「ううん、そんなフツーの場所じゃないよ、ここは。えっとね……」

七菜香が説明を始める。

公園のベンチに座ってぼーっとしていると、ゴスロリを着た仮面の女に話しかけられた。ずいぶん怪しい相手だなと思ったけれど、ババ抜きをやって勝ったらお金をあげると言われたので暇だったしやってみた。そして勝ったら本当にお金をくれた。

それで、もっと派手にお金を稼げる場所としてここを紹介され招待状をもらった。

「待ち合わせ場所に行ったらいきなり眠らされたのにはビックリしたけどね。きっと誰にも場所を知られたくなかったんじゃないかな」

七菜香《ななか》はそう言って緩い調子で笑う。

明らかに異常な状況で彼女の明るさは一服の清涼剤となっていた。

そのとき、

ブツ、

というノイズが部屋に響いた。

放送機器にスイッチが入ったときに聞こえる音だ。

《皆さん、こんばんは～》

天井から声が聞こえてくる。同時に、先ほどの真っ白な額縁の紙に映像が映し出された。

どうやらあれはモニターを部屋の調度に合わせてデザインしたものだったらしい。

モニターに映し出されたのは黒装束の人物だった。フード付きのローブを着ていて、顔には白い仮面をつけている。ローブが体のラインを隠しており、画面の中では身長もよくわからないため、性別は不明。見るからに怪しい人物。

《お忙しいなか、お集まりいただきどうもありがとうございます～》

声は変声器を通した独特のだみ声でやはり性別は不詳。口調は緩い感じで妙に馴《な》れ馴《な》れしい。

《皆様にはこれからゲームをしていただきまーす。ゲームに勝てればお金が支払われまーす。あちらをご覧ください～》

天井が開き、巨大なブタの貯金箱が出現する。透明なそれの中には一万円札の束がぎっしり詰まっていた。

《中身は勝った人たちで山分けです。全員がクリアすれば全員で山分け。脱落者がいればその分だけ取り分は増えます～》

「つまり、誰かを蹴落とせば取り分が増えるってことだね……」

七菜香が物騒なことをつぶやいた。

殺気立った視線が部屋にいる者たちの間で交錯する。

金のために集まった人間たちに相応《ふさわ》しい、殺伐とした空気が部屋を満たす。

逢真《おうま》が愛する平凡とは対極に位置する雰囲気だった。自分は明らかに場違いな存在だ。

「あの」

逢真は右手を挙げた。

《は～い、ご質問ですか？》

「質問とは少し違いますが……俺、間違ってここに来てしまったみたいなんです。ゲームとかお金とか興味がないので帰っていいですか？」

《残念ですが間違ってここに来ることはあり得ませんし、仮にそうだったとしても、ここ

に来た以上はゲームに参加していただきます》

にべもなく断られてしまった。

どうするか……。

逢真《おうま》は少しの間、考え、すぐ結論を出した。

「じゃあ勝手に出ていきます」

逢真は扉のほうに向かって歩き出した。向こうの都合に合わせる必要などない。逢真を従わせる権利もなければ逢真の側も従う義理はないのだから。

すると、、
バン！

と乾いた音とともに、逢真の額に風穴が空いた。

赤い血がひゅーっと飛び出しながら、ゆっくりと逢真の体がくずおれる。

転倒する音はカーペットが吸収してくれたのか、逢真は静かに仰向《あおむ》けになった。赤い血が白い床に広がっていく。

参加者たちは逢真の姿を見つめ、そして銃声のしたほう——壁の一点を見つめた。

壁の板がズレて銃口が覗《のぞ》いていた。そこから弾丸が発射されたらしい。

部屋の空気は凍りつき、そこにいるすべての人間が言葉をなくしていた。現代日本――銃の存在しない社会で暮らす人々にとってその光景はあまりにも現実味がなかった。

「きゃあああああああ!!」

たっぷりとした間があいたあと、一番最初に思考が追いついた七菜香《ななか》が甲高い悲鳴を上げた。

絶叫が引き金となってざわざわと他の人間たちも騒ぎ始める。

「ちょっと待てよ。は？　マジで死んでる？」

「ねえ、映画の撮影、とかだよね？」

しかし倒れた人間と大量の出血を目の当たりにしても、ほとんどの者は現実を受け入れられていない様子だった。

《ちょうどよかった。皆様も気をつけてください。私はゲームマスター。ここでは私がルールです。逆らった者には死んでもらいます》

水を打ったように部屋が静まり返った。

集まった者たちは自分たちがとんでもないゲームに参加してしまったのだとこのとき知ったのだった。

《改めまして、皆様、私たちの参加型ゲームイベント〝ヘイトブリーダー〟へようこそいらっしゃいませ～！》

2

　ゴシックロリータ風の衣装に身を包んだスタッフたちがぞろぞろと部屋の中に入ってきた。参加者たちを黒いバンで迎えにきた者たちとまったく同じ格好だ。

　彼女たちは木製の黒い棺《ひつぎ》を一つ運んできた。ニスで磨き上げられて艶《つや》やかなそれに逢真《おうま》の死体を無造作に放り込み、蓋をして、釘《くぎ》をハンマーでうち封をする。そして再び部屋から運び出す。

　その間、誰も何も言わなかった。

　震える者。呆然《ぼうぜん》と作業を見つめる者。静かにしゃくりあげる者……。それぞれ暗澹《あんたん》とした様子で、その場にたたずんでいる。

《さて、邪魔者がかたづいたところで、ゲームに進みましょう♪　場所を移しま～す》

　ゲームマスターの号令とともに、ゴスロリの仮面スタッフたちが部屋に入ってくる。彼女らに先導され、参加者たちは部屋を出た。

　洋館風の廊下を進んでいくと、開けた広場に出た。

　一面の花畑。

　菜の花だろうか、黄色い花が咲き乱れている。周囲は壁に囲まれているが、天井はなく青空がのぞいている。壁には広場に見える花と同じ絵が描かれていて、遠く地平線も描かれているので、一見すると広い原っぱに見えなくもない。

だが入り口と反対側に鎮座している巨大な達磨《だるま》の存在が、この場所に単なる広場にはない異様な雰囲気を与えている。

達磨とは言ったが、いわゆる例の赤いずんぐりしたあれではない。丸いフォルムは達磨のそれだがデザインは二つの耳が生えた黒い猫だ。ギロリと黄色い目とニヤニヤ笑いを浮かべた口元が不気味だった。

達磨の前には赤い花が一直線に並んでいた。まるで線を引いているかのように。

《一回戦は〝だるまさんがころんだ〟で～す》

スピーカーからゲームマスターの声が響く。

《ここにいる皆さんはパッと見たところみんな日本人に見えるので、ルールを説明するのは野暮《やぼ》かなぁ。でもいちおう公平を期すためにご説明しまーす。帰国子女で最近日本に帰ってきた人とか、日系の外国人の人とかいるかもしれませんしね～》

達磨がゆっくりと参加者たちに背を向ける。

《達磨が「だるまさんがころんだ」と言いながら皆さんのほうを向きます》

「だ～る～ま～さ～ん～が～～～～」

男とも女ともわからない子供っぽい声が会場に響き渡る。達磨の頭にでもスピーカーがついているようで、声はそこから聞こえてくる。

《皆さんはその間にできるだけ前へ進んでください。言い終わったあとに動いていたら失格です。最後まで負けずに赤い線を越えられればクリアとなりま～す》

「こんな簡単なゲームでいいのか？」

「さっきは焦ったけど、これなら楽勝かも」

参加者たちの空気が弛緩《しかん》する。

目の前で逆らった少年が射殺されたのを見たときは震撼《しんかん》した彼らも、ルールさえ守っていれば大丈夫だと安心したようだった。

《話すよりも見たほうが早いのでデモンストレーションをしましょ～》

魔法陣が地面に展開され、ぬーっと人型の物体が地面から生えるように出現した。

スタッフの一人のようだった。例のごとくゴシックロリータ、銀髪、白面という姿。

「だ～る～ま～さ～ん～が～～～～～」

達磨《だるま》の声に合わせてスタッフが走り出す。

と、

「ころんだ！」

先ほどとは違い、突然達磨は早口でセリフを言いながら高速で振り向いた。スタッフは慌てた様子で立ち止まるが、達磨が振り向いたあとも体がわずかに動いてしまう。

「しっかく～♪」

楽しげに達磨は言うと、大口を開いた。

中から出てきたのは巨大な銃口。

ダダダダダダ！　と銃口が火を噴き、無数の弾丸がスタッフに降り注ぐ。スタッフの体はズタズタに引き裂かれ、その場にくずおれた。

血は出ていない。もげた四肢や破れた服の間からぜんまい仕掛けの機械部品が見えたので、スタッフたちは人形らしいと参加者たちにはわかったが、そんなことはどうでもよい。場は水を打ったように静まり返っている。参加者たちは〝失格〟の意味をこの時知ったのだ。この賞金を懸けたゲームが〝デスゲーム〟であると、彼らはついに思い知った。あの銃撃を人間が浴びればその命はひとたまりもない。あれだけの弾丸を回避するすべも、おそらく人間にはない。

失格はすなわち死を意味する
「や、やだ、こんなの絶対いや!!」

女性が後ずさりし、そして走り出そうとする。

「ダメ！」

その手を沖島七菜香《おきしまななか》が掴《つか》んだ。

「はなして！」

「はなさない！　さっき死んだ子のこと忘れたの!?　逃げたらきっと殺されるよ！」

女性は息を呑《の》む。

そのままへなへなとその場に座り込んで、すすり泣き始めた。

「いや、こんなの、いやなの……」

「ちくしょう、聞いてねえぞ」

頭を抱えてうずくまる男。

「へっ……この様子だとまわりは雑魚ばっかりみたいだな」

静かにほくそ笑む男。

金が必要。ここに集まっている者たちの共通点はそれだけ。性別、年齢、社会階層など、あらゆる属性が坩堝《るつぼ》と化している。だから人が目の前で死んだときも、参加したのがデスゲームだとわかったときも、皆反応はさまざまだった。

多様な属性を持つ参加者たちの十人十色の反応……それを見ながら賭けに興じることこそ、このデスゲーム〝ヘイトブリーダー〟の醍醐味《だいごみ》なのである。

別室に控えたＶＩＰは巨大なモニターで参加者たちの様子を見ながら、盃《さかずき》を傾けていることだろう。

それぞれの思惑を胸に、ついにゲームが開始されるかに思われた。

のだが――。

「……」

達磨《だるま》は沈黙したままだった。

「あれ……これ始まる流れだったよね？」

先ほどまで泣いていた女性が言う。

「そのはず……だけど」

七菜香《ななか》も戸惑った様子で言う。

参加者たちは沈黙する達磨とゴシックロリータの残骸をぼんやり見つめつつ、ただ突っ立っている。ゲームが開始される様子はないが、指示のないまま動くのも怖くて皆、動けないでいた。

3

――時間は少し、さかのぼる。

ゴスロリ衣装のスタッフ――人形たちは粛々と白波逢真《しらなみおうま》の入った棺桶《かんおけ》を運んでいた。

廊下を進んでいき、階段を下りていく。下りた先――地下エリアは剥《む》き出《だ》しの石造りで、上の階の豪華な雰囲気は消えている。じめっとした湿度の高い空気感、松明《たいまつ》のような見た目の薄暗い明かりに照らされていて、かなり陰気な場所だった。

進んでいくと焼却場に着く。円形の部屋で、部屋の壁一面に焼却炉に続く扉がいくつも並んでいる。炉の熱が部屋の中に漏れ出ていてかなり暑いので、生身の人間であれば数分で音を上げてしまうような空間だった。

ゴスロリ人形たちが焼却場に入ったそのとき、

バン！


逢真《おうま》の入った棺《ひつぎ》が大きな音を立てて揺れた。

ゴスロリスタッフたちが立ち止まる。

「おい、ちゃんと持て」

一体が別の一体を小突いた。

「悪い。だがなんか中身が動いた気がするんだが……」

「バカなことを言うな。完全に殺したはずだ。眉間から脳幹を撃ちぬかれ即死。脈がないのも確認した」

苛立《いらだ》たしげにゴスロリ人形が言うが……

バン！　バン！

再び棺桶《かんおけ》が揺れた。

「「「動いた！」」」

スタッフたちが手をはなし、棺桶がドサッと床に落ちる。

バン！　バン！　バンバンバンバン!!

床に落ちてもなお棺桶は音を立てながら暴れまわる。

そして、ひときわ大きな音とともに、棺桶の蓋が吹っ飛んだ。

「な、何だ……？」

ゴスロリ人形たちが戦々恐々とした様子で見つめるなか――。

逢真が中で上半身を起こし、ゆっくりと立ち上がった。

「「「!?!?」」」

パッとゴスロリ人形たちが一斉に一歩後ろに跳び、棺桶から距離を取る。

そんな彼らを逢真は冷静な表情で見回している。

額から顔にかけて後頭部を濡《ぬ》らしていた血はすっかり乾いていた。まだしっかりと存在を主張しているが肝心の傷は綺麗《きれい》にふさがっている。健康な肌に血のりを塗りたくったかのような見た目だった。

「まさかあんなもんで死ぬとは……。この世界の体はずいぶん脆《もろ》いんだな。油断していた」

逢真《おうま》は額の傷があった場所を右手の人差し指でかきながら、棺《ひつぎ》のヘリをまたいで外に出てくる。

「殺したはずの奴《やつ》が生き返った……!?」

「いやたぶん殺しそこなったんだ!!」

「どうする!?」

「ゲームマスターに連絡だ!!」

ゴスロリ人形たちはアタフタした様子で、耳に手をあてた。耳にはイヤホンが入っており、そこにはマイクがついている。

《どうしたの～?》

「マスター、殺した少年が生き返りました！　モニター53番をご覧ください」

《……!?　いったいどういうこと!?　と、とにかく殺して。私に逆らって生きてていい奴はいないよ！》

ゴスロリ人形たちが次々と空に利き手を掲げる。魔法陣が展開され、剣、槍《やり》、斧《おの》、銃といった得物が出現する。

「あんまりことを荒立てたくはなかったんだが、仕方ないか。デスゲームみたいだし、放っておいたら寝覚めが悪い」

面倒くさそうな顔でゴスロリ人形たちを眺めまわす逢真は自然体で立っている。

そんな逢真にゴスロリ人形たちが一斉に襲い掛かる。

だがその攻撃はすべて外れた。

剣と斧は空を裂き、槍は風を貫き、弾丸は壁を穿《うが》つ。

逢真の姿がゴスロリ人形たちの視界から消えていた。

《上!》

部屋をモニターしていたゲームマスターのみが逢真の位置を把握しており、ゴスロリ人形たちに檄《げき》を飛ばす。

しかしそのころには剣を持ったゴスロリ人形の後ろに逢真は着地していた。落下の勢いを乗せて手刀を振り下ろす。ベキッという湿った音とともに人形に手刀がヒットし、体がひしゃげた。

壊れた体を無理やり捻《ひね》り、剣を持った人形は逢真へ振り向きながら得物を横にふるう。だが逢真は瞬時にかがんでかわし、その胴体を掴《つか》んだ。そのまま持ち上げて後方に振り投げる。

剣を持った人形は、別の人形が振り下ろした斧めがけて吹っ飛んでいき、バッサリと叩《たた》き切られた。

その隙に逢真《おうま》は跳び、斧《おの》を振り下ろしたまま静止している人形の頭を空中で掴《つか》んだ。ぐいっと一捻《ひね》りしながら右足をそいつの肩に乗せて頭をぐいっと引っ張る。無機質な脊髄と一緒に頭が引き抜かれた。

瞬く間に二体のゴスロリ人形が破壊されてしまった。その後も回し蹴りで、肘打ちで、正拳突きで……群がるゴスロリ人形たちは一撃で葬られていく。

ゴスロリ人形が全滅するのに五分とかからなかった。

「……」

逢真は自分の手を見つめた。拳はゴスロリたちの頑丈な体を打ち続けたせいで皮が破れ血が出ている。

「やはり脆《もろ》いな。無理な動きで筋肉や筋も断裂している。あの頃だったらこんなに簡単に壊れなかったんだが……仮に壊れても勝手に再生していたし」

肩と首を回しながらつぶやく。

「少し面倒だが《自己再生《リコンスト》》をかけながら動けば問題ないか。手には《硬化《ソリッド》》をかけて武器にして……」

《き、君……いったい何者なの……？》

「……ああ、別に気にするほどの者じゃない。ちょっと遠くから来たってだけの話だ」

《遠く？》

逢真《おうま》はかがんで、まだ息のあるゴスロリ人形の頭を掴《つか》む。

「魔導人形《マギカドール》。擬似人格搭載型。ならハックできるか」

手のひらに魔法陣が展開し、人形の目が光った。

「思念を読めた。少し待ってろ、今おまえのところに行く」

4

「どういうことだ！　なぜ始まらない！」

「いくら賭けてると思ってるんだ!!」

別室——ＶＩＰたちが集まった豪奢《ごうしゃ》な部屋は大騒ぎになっていた。

ＶＩＰたちは賭けをしながらデスゲームを観覧しにここにやってきている。ゲームが始まらなければ来た意味がない。

《皆様！　申し訳ありません!!　問題が発生しまして、急ぎ、この場から退去していただきたく……！》

モニターに映るゲームマスターが言うが、

「退去？　バカなことを言うな！」

「おまえら魔法が使えるんだろ？　それでどうにかしろよ！」

などとＶＩＰたちは怒りを露《あら》わにした。

この一瞬の遅れが彼らにとって命取りとなった。

「ここがＶＩＰルームか」

部屋に一人の少年が現れた。額と両手は血まみれで髪もボサボサ、服も汚れているが、容貌に反して生気に満ちている。ＶＩＰたちにはそのように見えたが、その生気とはすなわち、彼の体から漏れ出る強大な魔力であり、魔法を使えないＶＩＰたちにすら感じられるほどの圧を逢真の魔力は放っていたのである。

「なんだ貴様は」

「おい、そいつは参加者のガキだ」

「は？　最初に撃たれたあいつか？　死んだんじゃなかったか？」

口々に言い募るＶＩＰたち。

そんな彼らをしり目に、逢真は右手を掲げ、魔法陣を展開した。

「《拘束《バインド》》」

ＶＩＰたちの体に光の縄が絡みつき、拘束した。光の縄はそのまま現実化し、布製の縄へと変化する。

泡を食ったような顔で目を白黒させるＶＩＰたちを無視して、逢真は奥の部屋へと進む。

「──逃がしたか」

扉を蹴破って中に入るが、誰もいなかった。

そこはゲームマスターの部屋。

逢真《おうま》がゴスロリ人形の思念を読み取り手に入れた地図によると、この部屋はＶＩＰルームの奥に設定されていた。この部屋に向かう敵、あるいは反逆者などがＶＩＰルームなどを経由する必要があるように──つまり、道中で囮《おとり》と出会う必要があるように。

おそらくゴスロリ人形たちの知らぬ場所にこの部屋からの脱出口があるのだろう。そこまで把握できたところで今の逢真にはもう意味はない。

逢真はゲームマスターの机の上にある端末を見る。画面には巨大な猫達磨《だるま》の置かれている花畑が映っている。

──ゲームが進んでいる様子はない。とりあえずこれでよしとするか。

＊

壁から聞こえた巨大な破裂音が花畑の沈黙を破った。

壁が爆散し、壁の向こうを覗《のぞ》かせた。向こう側は森だった。その木々の合間から、一台のバンが入ってくる。バンは花を蹴散らしながら広場を直進し、ゲーム参加者たちの前に止まった。

突然の出来事に反応できずにいた参加者たちだったが、運転席から出てきた人物を見た瞬間、そのほとんどが声を上げた。

「ええ⁉」

「さっき撃たれた奴《やつ》！」

「白波《しらなみ》くん⁉」

七菜香《ななか》だけが彼──白波逢真の名前を知っているため名指しで呼んだ。

「え？　死んだんじゃなかったの……？」

七菜香のその言葉は参加者全員の気持ちを代弁していただろう。

「あー、なんか運よく急所を外れてたみたいで。血は結構出たんだけどさ」

逢真は言うが、七菜香は怪訝《けげん》な顔だ。

「思いっきり眉間を撃ちぬかれてた気がするんだけど……？」

「こうやって生きてるのが何よりの証拠だろ。それより、みんな早く車に乗ってくれ。警察に連絡を入れたからもうすぐ来ると思うが……あまり顔を会わせたくはないだろ？」

逢真の言葉に多くの者が頷《うなず》いた。

人死にが出そうなほど怪しげな集まり。巨額の金。事情聴取を受けたところで何を話したらいいのか……最悪の場合、運営側と一緒にされて投獄ということもあるかもしれない。

ぞろぞろと逢真《おうま》の言葉に従い、バンに参加者が乗り込んでいく。

「あ！　すみません、誰かこの中に運転できる人いますか？　俺、まだ免許持ってないから運転したらマズい」

「俺が運転しよう」

三十代くらいの男が名乗り出て運転席に乗った。

「でも場所がわからないんじゃ、どこに行ったら……」

「車にカーナビがついてます。GPSで現在地が出るから問題ないはず」

助手席に乗った逢真がカーナビを操作する。

「東京都……新宿区？　ここ、新宿なのか？」

「そうらしいです」

「新宿にこんな森が……？」

「とにかく、出ればわかるから、発進してください」

男はアクセルを踏み、車をUターンさせ、壊れた壁から広場の外に出た。

しばらく森の中を走る。すると、突然ぐにゃりと視界が歪《ゆが》んだかと思うと、気づいたら公道を走っていた。

男はぎょっとしてブレーキを踏みそうになるが、バックミラーを見て後続車が遠くに見えたので踏みとどまる。距離はかなりあるが、急ブレーキをしたら追突の危険がある。

新宿は夜だった。逢真はスマホを確認する。午前零時三十五分。

「近くに公園があるから、そこで降りましょう」

男は言われるままに公園のそばにバンを止める。

そこで解散となった。みんなの持ち物はあらかじめ逢真が回収してバンの後部に入れていたので、車から降りるなり配った。スマホのGPSを使えば現在地を知るのは容易なので、あとはみんな自力で帰路についた。基本、お互い面識もないのでそそくさと参加者たちは去っていった。

唯一、七菜香《ななか》だけは何か聞きたそうな顔で逢真のほうを見ていたが、逢真が答えないでいると、やはり帰って行った。

全員がいなくなったのを確認し、逢真は地面に赤い光で魔法陣を描いた。

すると魔法陣が光り、ＶＩＰたちが出現する。

ＶＩＰたちは縄で縛られたまま気を失っていた。

「こいつら、どうするか……」

デスゲームが行われた場所が場所だけに、警察に突き出したところで白を切られるのがオチだ。さきほど警察を呼んだと言ったのは、参加者たちを早く帰らせるための嘘《うそ》だった。

逢真はそれぞれの額に魔法陣を描く。

偽の記憶を植えつける魔法――《書き換え《リライト》》。

これで、最後の一時間ほどの記憶を変更した。彼らは一度縄で縛られはしたが自力で帰ってきたことになっているはずだ。

——これで泳がせる。どうせ次のデスゲームも開催されるだろう。開催されないならそれはそれでいい。

VIPたちの拘束を解く。彼らはしばらくしたら目を覚ます。あとは各々、どうにかするだろう。

「しかし、魔法、か……」

その場から立ち去りながら、逢真《おうま》は考えていた。

デスゲームのスタッフは魔導人形《マギカドール》だった。会場は新宿の真ん中に亜空間《サブスペース》を作って設営されていた。

魔導人形《マギカドール》も亜空間《サブスペース》も魔法によって可能になるもの。そして、七菜香《ななか》と話した時に感じたあの〝懐かしさ〟は、会場に漂う魔力の感覚だ。

逢真がかつていた世界——ドムスパトリアではお馴染《なじ》みだったものたち。

「なぜ異世界《ドムスパトリア》のものがこちらに？　少し調べる必要がある、か……」

第2話　彼らの日常

1

豪華さと簡素さを兼ね備えた品のある空間だった。

魔王城、玉座の間。

玉座に座っているのは魔王ジェント。魔界を統べる者だ。

一段低い場所に一人の女性が立っている。

シャリン・ローズ。魔界の最深部であるここには最もふさわしくない人間という存在でありつつ、ある意味、魔王を討つ存在であるからこそ最もふさわしい人物とも言える。

つまり彼女は現在の勇者だった。

魔王と勇者が魔王城で対峙《たいじ》している。

それはまさに最終決戦の構図である。

だが二人の間に殺気はなかった。流れているのは穏やかな空気。親しい友人どうしが向かい合っているかのようにさえ見える。

「意外と豪華な場所で暮らしてるのね？」

シャリンの口から出たのはぶっきらぼうな言葉だった。雰囲気に反して少しツンとした声。けれどその美しいソプラノで聞いたものを思わず振り向かせる魅力のある音だった。

「俺は好かんのだが、配下の者たちがな。王は王らしい場所にいてくれと言って聞かないんだ」

「よくある話ね」

シャリンは苦笑する。

「しかし……よく一人で来てくれたな」

「あなたがだまし討ちをするようなタイプじゃないのは、長いこと戦い続けてよく知ってるから」

「これはこれはずいぶん高く買ってくれているんだな?」

「舐《な》めてるのよ。あなたは甘ちゃんだから一人きりの私を殺すことはないだろうって高をくくってるわけ」

挑発的な言葉の応酬。

「ただ意外ね。あのコバンザメもここにいないなんて」

「リリーのことか?　たしかにアイツは同席したがったが……一対一じゃないとフェアではないと思ったからな。これは人間界と魔界、双方の代表者どうしの会談だ。ほかに水を差すような者がいてはならない」

いつになく真剣な表情のジェントを見て、シャリンは居住まいを正した。

「いい加減、この戦争を終わりにしたい」

「そんなことは私たちだって思っている。だけど……」

　言い返そうとするシャリンをジェントは手で制した。

「最後まで聞いてくれ。考えがあるんだ。この戦争がなぜここまで長引いているか。勇者、おまえはどう考える？」

「互いの憎悪……と答えたいところだけれど、結局のところシステムの問題は大きいわね。戦力が拮抗《きっこう》している。もっとも、拮抗してなかったら負けてたのは私たちだったと思うけど」

　シャリンは肩をすくめた。

「《召喚魔獣》66柱がいるおかげね。私たちは彼らがいなければ滅亡してたでしょうね。いい勝負はできただろうけど」

　《召喚魔獣》というのは、さまざまな異世界からジェントたちの住むドムスパトリアへと召喚されてきた魔獣たちで、そのすべてが規格外の戦闘能力を持っている。

　当時《召喚魔獣》は人類と魔族がそれぞれ三十三体ずつ保持していた。そのため人類と魔族の戦力はほぼ拮抗状態にあった。「ほぼ」と言ったのは、厳密にはジェント一人分だけ魔族側が優位だからだ。

　もしジェントがあらゆる犠牲を厭《いと》わずに本気を出して人類を皆殺しにしようとしていた

ら、人類側は殲滅《せんめつ》されていたかもしれない。だがジェントは戦禍が必要以上にひどくならないようにするために、あえて本気では戦っていなかった。そのせいで戦争はずっと魔族側が優位の状態で続いていた。ジェントも、人類に《召喚魔獣》がいるために、殲滅以外の方法で戦争を終わらせる手立てを持たずにいたのだった。

ジェントはよく言っていた。「人類側が諦めてくれればそれで戦争は終わるのだがな」

そっくりそのまま人類は魔族にその答えを返してしまうだろう。不利状況とは言え絶望的な状態ではない。まだ戦える、と人類は思ってしまう。

もちろんジェントはそのこともよくわかっている。

「《召喚魔獣》の存在が大きいのは魔界も同じだ。同じだけの《召喚魔獣》をこちらも持っているからこそ、人間たちに対抗できている。結局、俺たちが戦争を続けられているのは《召喚魔獣》のおかげなんだ。だから、奴《やつ》らがいなくなれば戦争は続けられなくなる」

「それはそうかもしれないけど……まさか」

「ああ。《召喚魔獣》66柱を封印すればいい」

《召喚魔獣》66柱が使えなくなれば人類も魔族も戦力が一気に弱体化し、戦争を続けるのが困難になる。

「だが奴らの封印だけでは不十分だ。火種は残ってしまうからな。小競り合いがしばらく続くだろう。だから、人間界と魔界の間に《嘆きの障壁》を設置する」

なる。一方で空気などはきちんと流れる」

「高濃度の魔力で作った壁だ。あらゆる魔法を通さず、また、動植物の行き来もできなくなる。一方で空気などはきちんと流れる」

「つまり、人間界と魔界の行き来をできなくさせることで、小競り合いですら起こらないようにするというわけね？」

ジェントの説明を引き継ぐような形でシャリンが訊《き》いてくる。

「理解が早くて助かる」

ジェントは頷《うなず》いた。

「《召喚魔獣》があれば《嘆きの障壁》を破壊できる可能性もあるが、いなければ破壊は不可能だ。ほぼ永久的に人間界と魔界は分断され、出会わないから争うこともなくなる」

ジェントが言い終えると、シャリンは口元に手をあて思案げに首を傾けた。

「封印と壁……悪い案じゃない、だけど………」

口の中で言葉を濁す。何か懸念があるのだろう。

「二つ、問題があるわ」

しばらく考えたあと、シャリンは指を二本立てた。

「一つは莫大《ばくだい》な魔力が必要だということ」

《召喚魔獣》66柱は最強の召喚獣である。わずか六十六体で戦争の行方を左右するような存在。そんなモンスターたちを封じ込めるのだから想像を絶する魔力が必要だ。

「問題ない。魔力のあてはある」

「あなたがそう言うってことは大丈夫なんでしょうね」

シャリンは言った。

宿敵であるジェントの実力は嫌というほど思い知っているからその辺りは逆に信頼しているということだろう。

「もう一つは——結局、勝つのは魔界だということ。私たち人類は切り札である《召喚魔獣》を失うけど、あなたたち魔族には魔王ジェントという切り札が残る」

つまり、ジェントがいる分だけ魔族が有利なのだ。《召喚魔獣》を失った以上、その優位は桁違いに大きくなる。《召喚魔獣》が数多く存在するおかげでジェントが対処しなければならないことも多く、彼の力が分散していたが、それがなくなってしまうからだ。

ジェントはそう言われるだろうと思い、すでに答えを用意していた。

「問題ない。魔族と人類の勢力は拮抗《きっこう》する」

「何を言ってるの？　あなたは自分を過小評価しすぎ……」

「してないさ。なぜなら俺はこの策を行うと死ぬからな」

「は？」

「莫大《ばくだい》な魔力が必要だと、おまえは言ったな？　そのとおり。現状、それだけの魔力を揃《そろ》えるのは俺ですら不可能。だが、俺自身を生贄にして魔力を集めれば足りる」

生贄魔法《マギカサクリファイス》。それは命を代償にして本来は得られない強力な魔力を得る魔法。

「世界のために死ぬっていうの!?　そこまでお人よしだとは思わなかったわ！」

驚愕《きょうがく》の表情を浮かべるシャリンに対し、ジェントもまた驚きの表情をする。

「そんなに不思議か？　おまえだって人類のために命を懸けて戦っているじゃないか」

ジェントとしてはシャリンがしていることも大差ないと思っていた。

「それに人間の中にも人柱となる人物がいるのは知っている。歴史上、何人もいたはずだ。別に珍しくもなんともないだろう」

「まさか魔族からその申し出が出てくるなんて思わなかったのよ。私たちが忌み嫌い憎みぬいた相手から、戦争を終わらせて平和をもたらすために自分が死のうと言われるなんて……」

「信じられないか？」

少し考えたあと、シャリンは首を横に振った。

「いいえ。あなたなら言い出しても不思議じゃないなと、今なら思う。あなたらしいとすら思うわ。驚いているのはたぶん、あなたたち魔族からそんな申し出が出たことを認められないだけ。憎むべき相手から手を差し伸べられたのが気に入らないだけよ」

「感情的な問題であれば、それを切り離すだけで計画は遂行できる。合理的に考えて可能なのであればな」

「そうね。そうなんだけど……」

「まだ何かあるのか？」

「この作戦が成功したらあなたは死ぬんだと思うと……」

目を伏せるシャリン。

――魔族と人間との争いは数千年に及ぶ。

ジェントが魔王になってからもすでに百年以上の年月が経《た》っており、ここ数十年は苛烈化・泥沼化が続いていた。人間側からの憎悪も日増しに強くなっている……そう感じていたのだが。

この勇者――シャリンが前線に立つようになり、およそ三年。

争いは魔族が若干優位を維持しつつ拮抗《きっこう》していたのが、人間側が盛り返すようになっていた。

その一方で――前線に立つこの勇者にジェントは違和感を覚えていた。

彼女からは憎悪だけではなく苦悩を感じていた。魔族を殺すことへの苦悩。そんな煮え切らない感情を覚えながら戦う者と出会ったことがないわけではなかった。彼らは例外なく簡単に死んでいった。中途半端な決意で戦って生き残れるような甘い世界ではない。

だが彼女の恐ろしさは煮え切らない感情で戦いながらも人類史上で最強の勇者だったこ

とだ。

ジェントと比べればたしかに弱いが、仮に一対一で戦うことになったときにジェントが真剣に向き合わねばならない唯一といってよい人類だった。

それがこんなにも甘ったれた感情を垂れ流していることにジェントは驚いていた。

同時に彼女が、ジェントの死を悼むだろうとは想像していた。

だから――

「心配するな」

「し、心配なんてしてないわよ！」

「俺は生き返る」

シャリンの言葉を無視してジェントは続けた。

「い、生き返る……？」

「別の世界でだがな。悪いが俺は魔王だ。自己中心的で力を追い求め好きに生きてきた。この世界の争いを止めるのも俺の自己満足。ただこの世界に飽きたからそうしただけのこと。そして俺はこの世界を後にし別の世界で平穏に生きさせてもらう。だから――」

魔王はそっと勇者の頬《ほお》に触れた。

「おまえが泣く必要などない」

そのときはじめて自分が涙を流していることに気づいたらしいシャリンは、両目を見開

き、顔を真っ赤にすると、

「泣いてない!!」

大きな声で言い返した。

2

目を開く。白い天井と明かりの消えた照明が視界に入ってくる。

夢を見ていたらしい。逢真《おうま》が転生する前の世界――ドムスパトリアにいたころの記憶だった。

――久しぶりに見たな。

転生して十七年。最初のころ――といっても、この世界《テラ》に来てから物心がつく前は記憶がないので、だいたい三歳くらいのころ――は、前の世界《ドムスパトリア》の夢をよく見ていたが、最近はめっきり見なくなっていた。しっかりこの世界、そしてこの日本という国に順応していたため、前の世界《ドムスパトリア》の印象が徐々に薄くなっていたのだと思う。

――昨日、あれに巻き込まれたからか?

どういうわけか迷い込んだデスゲーム〝ヘイトブリーダー〟。そこでは魔法が使われていた。そして逢真自身も久しぶりに魔法を使った。そのせいで過去を思い出したのかもしれない。

魔法を使って一番に思い出すのはシャリンと二人きりで会った日のことなのかと逢真は意外に思う。逢真は魔族として五百年生きてきた。そのなかで一番印象に残っていたのがシャリンとの会話だったのだろうか？

「……と、こんなことしてる場合じゃない」

逢真は慌ててベッドから飛び出した。時計を見ると出発時刻まで時間がない。

パジャマを脱ぎ捨て、制服に着替えて、部屋を出てリビングに向かう。

「おはようございます」

「おはよう逢真」「おはよう逢真くん」

この世界《テラ》での父と義母から挨拶が返ってくる。義母はダイニングテーブルで食事中、父はすでに家を出ようとしているところだった。

逢真が物心つくころ（つまり三歳のころ）には両親は離婚していたため、実の母親の記憶はあまりない。離婚後、会うこともほとんどなかったからだ。

逢真は父子家庭で長く過ごしたので、三年前に父が再婚し母親ができたときはちょっと新鮮だった。

そして母親と一緒に妹もできた。

「……」

逢真《おうま》とそう年齢の変わらない少女が、ダイニングテーブルに座って、逢真に視線を向けることなく黙々とパンをかじっている。

今風の髪型。制服は適度に着崩しており、全体的にあか抜けた容姿をしている。逢真が地味な陰キャなのとは対照的に明らかに陽キャ側の存在。年齢は逢真の一つ下、高校一年生。

「こーら、結愛《ゆあ》。ちゃんと逢真くんに挨拶しなさい」

義母が注意すると、

「……おはよ」

気のない返事を返してくる。

「もう……ごめんね、逢真くん」

「いいですよ。いきなりこんなのが兄貴になったら戸惑うでしょうから」

「いきなりって言っても、もう三年も経《た》ってるのに」

「何年経っても鬱陶しいのは同じですよ」

逢真がそう言って笑うと義母はため息をつく。

少女——両親の再婚でできた義妹の結愛は終始逢真に対して不愛想で、ほとんど話をすることすらしない。挨拶も親に注意されてやっとする始末。嫌われてんなーと逢真はいつも心の中で苦笑するが、義母に言った言葉は本心だ。親の都合で勝手に一緒に住むことになった家に逢真みたいなスクールカースト最底辺の陰キャ男子がいたら辟易《へきえき》するに決まっている。少女漫画に出てくるようなキラキラしたイケメンのお兄ちゃんならともかく。

そもそもの第一印象からして、結愛にとって逢真は最悪だったようだ。

逢真が父とともに顔合わせの会場であるレストランへと向かうと、結愛と義母はすでに席についていた。

「はじめまして、白波《しらなみ》逢真です」

逢真は普通に挨拶をし、義母のほうからは「はじめまして。よろしくね」と普通に挨拶が返ってきたのだが、結愛は、

「…………」

キッと刺すような視線を逢真に向けるだけでまったくの無言だった。

「えーっと、結愛、ほら、挨拶して」

義母が促すと、

「……………はじめまして」

小さな声でそれだけ言ったかと思うと、プイっとそっぽを向かれてしまった。

そのあと、会食が始まっても、時折視線は感じたのだが目を合わせようとすると視線を逸《そ》らされた。

これは……期待からあまりにも外れた義兄がやってきて幻滅されたのだろうと逢真は思

った。そしてその感想が正しいことは、今までの生活が証明している。

だったら好かれる努力をすべきなのでは、と逢真《おうま》自身、思ったりするが……これが意外と難しい。逢真は前の世界《ドムスパトリア》での魔族時代から人づきあいが得意ではなく、大人しい性格だった。魔王と呼ばれる存在だから、さぞ激烈な性格なのだろうと人間たちは思っていたようだし、魔王軍の末端の構成員たちも似たような想像をしていたらしい。逢真の強さを見れば無理もないと思う。けれど逢真自身はいたって大人しい性格で、あくまで魔力の才があり、かつ魔族を救いたかったから周りの求めに応じて魔王になったに過ぎない。

だがこちらの世界《テラ》では逢真の持つ才能が生かされない。必要なのはコミュニケーション能力だからだ。知力では高い学業成績を収められそうだが、あんまり成績が良すぎるとそれはそれでいじめの対象になったりするようでややこしい。なので逢真はそこそこの成績を維持するように努めている。しかしそれだけではスクールカースト下位から抜け出すことはできないでいた。

まあそれでもいじめられているわけではないし、一人は嫌いじゃない。周囲で突然殺し合いが起こるわけでもないので、平和の一言に尽きる。逢真はこの世界《テラ》での生活を気に入っていた。

ただ義妹からしたら逢真みたいな存在が近くにいるのは災難だろうからそこだけ申し訳なくはある。「悪いな、カッコ悪い兄貴で」といつも思っている。干渉したりはしないから許してくれ。

「じゃあ行ってきます」

逢真が席に着くなり、結愛《ゆあ》は席を立ち、カバンを持って家を出ていった。この徹底した避けっぷり……悲しさより申し訳なさがどんどん勝ってくる。同じ高校に通ってるんだけどな。当然、中学時代を含め、一緒に登校できたことはない。

逢真の通う銀翼《ぎんよく》高校までは自宅マンションから歩いて十分程度だ。この体は朝が弱いと小学校時代に思い知ったので歩いて通える学校に行くことにした。成績的にも、高すぎず低すぎずといった感じでちょうどよかったので、ここを受験し無事合格した。

ぞろぞろと制服姿の男女が校門に吸い込まれていく中に逢真も紛れていく。

逢真のクラスは二年Ｆ組。教室に入りながら、

「おはよう」

と小さく声を出すが、友達もいないので特に返事はない。平常運転だ。ただその日はちょっとイレギュラーが起こった。

逢真が溶け込むように部屋に入っていったちょうどそのとき、入り口を横切った生徒がいたため、軽くぶつかってしまった。逢真は衝撃を吸収するため咄嗟《とっさ》に後ろに身を引いた。ただ、周りからは力が弱くてふらついたように見えただろう。

「ちゃんと前を見て歩いてください」

ぶつかった相手は足を止め、鋭い目つきで逢真《おうま》を見つめた。

女子生徒だった。名前は大渕友梨《おおぶちゆり》。容姿端麗という言葉がこれほど似合う人もいないのではないか、というほど、清楚《せいそ》で美しい外見をしている。

弱点があるとすれば鋭すぎる目つきだ。そのためあだ名は〝氷の女王〟。あまりに整った美貌と合わさると絶対零度の空気があたりに漂ってしまう。

美人すぎて近寄りがたいのか、ある意味彼女は浮いている。友梨のほうも特段誰かとつるもうとしないため、見方によっては逢真同様、ぼっちと言えなくもない。しかし友梨の場合は〝孤高〟という言い方のほうがしっくりくる。

「悪い……」

逢真が謝ると、つーんとそっぽを向いて去っていく。

「うわ、なんだあの目」

「視線だけで殺されそう」

「俺だったら死んでる」

「いやご褒美だろ」

「氷の女王様素敵すぎ……」

「大渕さんの陰キャ嫌いは有名だからな。あれは近づいた白波《しらなみ》が悪い」

などなど、クラスメイトが逢真たちの様子を見ながらこそこそと話していた。

そんなクラスメイトを横に見つつ、逢真は自分の席に着く。自然と教室の前のほうに視線が向き、視界に女子生徒たちの集団が入ってきた。

クラスの陽キャグループの女子が教室の前のほうに集まってワイワイ話をしている。

「んでさ、その子がUFOキャッチャーめっっっちゃウマいの！　ガン見しちゃったよ」

その中心にいるのは沖島七菜香《おきしまななか》だ。彼女が楽しそうに話をすると周囲も楽しそうに応じる。まさにスクールカーストトップの存在といった趣である。

友梨と七菜香は対をなすような存在だ。どちらも美少女でカーストも最上位だが立ち位置のベクトルは真逆。まったく群れずに孤高を貫く友梨に対し、クラスで一番友達が多い七菜香。

「おまえどっち派？」

「俺は断然七菜香ちゃんかなぁ。あの笑顔の破壊力はヤバい。誰にでも優しいし」

「へぇ。俺は友梨さんだな。踏まれたい」

「ドMか……」

「いやおまえも一回睨《にら》まれたら癖になるから……！」

という感じでクラス内だと人気を二分する二人である。学校全体でも人気ランキングのトップ10に入っているのではないだろうか。七菜香のほうは昨年のミスコンで二位になっていた。友梨《ゆり》はそういう浮ついたイベント事には興味がないようで参加を辞退していたため正確な人気は測れないものの、七菜香《ななか》に引けをとらないだろうと逢真《おうま》は思っている。

逢真は七菜香のほうを見つめる。昨日までと変わった様子はない。逢真が登校した際に視線をちらりと向けてきたが特に反応はなかった。

これだけいつもと変わらないと昨日の出来事が夢だったかのように思える。だが逢真は夢ではないと知っている。

ゲーム会場の空気感。

ゴスロリのスタッフ人形を倒したときの手の感触。

すべての記憶があれが現実だったと主張している。

だからあとは人違いだった可能性だが……七菜香はたしかに逢真の名前を呼んだし、七菜香ほど目立つ存在を逢真が見間違えるとも思えない。

あれだけのことが起きて、普通に学校に来て、普通に友人たちと喋《しゃべ》っている七菜香。スクールカースト上位者の力なのか、はたまた逢真が気にしすぎなのか。

違和感を覚えつつも、教師が入ってきて、ホームルームが始まり、逢真の思考は中断された。

3

昨日のことをぼんやり考えながらだったので授業は上の空だった。

「おい、白波《しらなみ》。授業に身が入ってないな」

案の定、教壇に立つ教師から注意を受けた。

授業をしているのは英語の城下貴英《しろしたたかひで》という教師で、銀縁の細メガネの向こうに見える目を光らせながら、神経質そうに逢真を睨《にら》みつけている。年齢は三十代半ばらしいが、妙に細身で顔色が悪く不健康そうなので、実際の年齢より上……だいたい四十代半ばくらいに見える。

「すみません」

自分が悪いので逢真は素直に謝った。

居眠りをしていたわけではないし、まだ一回目の注意だったから、そのまま授業は続行されると思いきや……

「俺の授業なんか聞かなくても問題ないってか？　余裕だな？」

城下は不機嫌そうに眉をひそめて嫌味《いやみ》を続けた。

「いえ、そんなつもりは」

「もう高二だ。来年は受験だぞ？　英語は理系文系問わず必要だ。そんな姿勢で臨んでいたら一発で脱落するぞ？」

クラスメイトたちが気の毒そうに逢真《おうま》のほうをチラチラ見る。城下《しろした》は粘着質でターゲットを定めるとネチネチと説教をする。多少の説教くらいであれば授業が止まるのを歓迎する生徒もいそうだが、城下のそれは陰湿なので見ているほうも辟易《へきえき》するらしい。

「前に出て訳してみろ」

「……はい」

言われるままに起立して、黒板の前に行く。

並ぶ英文を見つめる。

意味を掴《つか》むのは簡単だった。長年魔導書を読み続けていた逢真にとって言語の習得は得意分野だ。魔導書は時代によって使われている言語が違うため、その言語の変遷から語学の肝のようなものを逢真は体得している。

ただ、嫌味《いやみ》を言われた状態で完璧な解答をすると城下のメンツを潰してしまい、本格的に目を付けられかねない。嫌っている生徒を徹底的にいじめるタイプの教師なのでリスクは避けたい。

逢真は適当にミスを入れた和訳を黒板に書いた。

「ふん、そこそこできているが、まだまだだな。このレベルじゃ受験では通用しないぞ」

くどくどと説教を垂れられるが、そこまで出来が悪くなかったため長く指導するわけにもいかなかったようですぐに解放された。

「白波《しらなみ》って、なんか、パッとしないよな」

ぼそりと男子生徒の一人がつぶやいた。

「おい聞こえるぞ」

「聞こえたって大丈夫だろ。あいつ大人しいし」

ひそひそ声で生徒二人が話している。授業中なのでかなり小さい声だったが鋭敏な逢真の耳はしっかりとらえていた。

どう考えても悪口だが事実だし腹が立ったりはしない。

それにパッとしないのは悪いことじゃないと逢真は思う。日々が劇的である必要はない。もちろん不器用で日常生活に支障をきたすようでは困るが、普通に暮らせているのであれば問題ない。

ナンバー1になってもいいことはない。一度魔王として天下を獲《と》った逢真はそう思っていた。

ナンバー2以下——配下たちへの責任は絶大だ。そして下からの妬みや嫌がらせなども多い。逢真の力をもってすればハエがまわりを飛んでいるようなものでも、鬱陶しいのは間違いない。挙句逢真のあずかり知らぬところで勝手に派閥争いをされたり……そしてすべての戦いの勝敗の責任はナンバー1にあるとされた。

それに比べれば今の平凡な生活は気楽で心地よい。このパッとしない陰キャとしての日常を逢真《おうま》は気に入っている。

だからこの昼休み、屋上に行くのは本当に気が進まないのだが……。

昼休みは屋上で人と会う約束があった。陰キャぼっち生活をしている逢真にしては非常に珍しい。

屋上に行くと既に待ち合わせの相手は来ていた。

すらりとした体に清楚《せいそ》な外見。そして美しいけれど切れのある目。

「ごきげんよう、白波《しらなみ》さん」

「こんにちは、大渕《おおぶち》さん」

——大渕友梨《ゆり》が逢真のことを殺しそうな目をして迎えた。

ここに誰か別の生徒がいたら、陰キャ嫌いの友梨が逢真を呼び出してボコろうとしていると思ったかもしれない。

清楚な友梨がそんな暴力的なことをするとは皆、普通は考えない。しかし、その清楚なイメージをぶち壊すくらいの殺気を込めて友梨は逢真を睨《にら》みつけていた。

「貴方《あなた》の他は誰も来ていませんね？」

低い声で友梨が問う。

「ああ。一応、屋上は立ち入り禁止だからな。わざわざ来る奴《やつ》はいない」

「そうですか。つまり、ここには私と貴方、二人だけ。でしたら……」

険のあった友梨の顔がふっと和らいだ。

かと思うと、完全に喜びに緩み切り……


「ジェント様ぁあああああ!!」


両手を広げ嬌声《きょうせい》のような甘い声を上げながら一直線に逢真に飛び込んできた。

だがその友梨を逢真はするりと身を引いてかわした。

「へぶしっ!!」

友梨は勢い余ってコンクリートの床に顔面からダイブする。

「おい、大丈夫か!?」

まさかそんな勢いよく飛び込んでくるとは思わず、反射的に避けてしまった。

「大丈夫です！　ジェント様のためであれば床を舐《な》めるくらい平気です。何なら靴だって舐めますよ」

そう言って土下座みたいな恰好《かっこう》で靴に手を伸ばす。

「ふざけるのはやめろ」

「ふざけてません！　マジです！」

「おまえって奴《やつ》は……」

逢真《おうま》は額に手をあてた。

大渕友梨《おおぶちゆり》の豹変《ひょうへん》っぷりをもしクラスメイトたちが見たら度肝を抜かれるだろう。ドッキリか何かだと思うかもしれない。あるいは逢真が彼女の弱みを握って脅しているなどと考えるか。

実を言うと友梨も逢真と同じ転生者だ。前の世界《ドムスパトリア》で逢真《ジエント》が魔族として活動している間、ずっと右腕として活躍してくれた使い魔である。

植物系の魔族で百合《ゆり》の花と人間が融合したような見た目をしていた。当時から非常に美人で、幾多の男に言い寄られては彼らを切って捨てていた。忠誠を誓った逢真《ジエント》の仕事を遂行するためには恋愛など無駄以外の何物でもないというのが本人の談。逢真《ジエント》としては別に仕事をきっちりしてくれれば恋愛したり結婚したりしてもいいと思っていたが本人が譲らなかった。

当時はリリーと呼んでいた。そのころの名残を感じさせるために、転生時に魔法を使って親を操作し、「ゆり《リリー》」という音の名前を付けさせたという徹底ぶり。それだけ魔族時代のことを大事に思っているらしい。

逢真《ジエント》への忠誠心に関しては右に出る者はおらず、逢真《ジエント》も彼女のことを絶対的に信頼していた。

だが――

「とりあえず這《は》いつくばってないで立て」

「いいじゃないですかぁ。久しぶりにジェント様に対して頭を下げられて、リリーめは幸せです。ゾクゾクしてきます……！」

逢真《おうま》に対する忠誠心が高すぎてときどき暴走するのが玉《たま》に瑕《きず》だった。前の世界時代《ドムスパトリア》からそのけはあったが、こちらの世界《テラ》に来て悪化した気がする。

「誰か来たらどうするんだ」

「人払いの結界を張ってあるので誰も来ません！」

「じゃあ何で最初確認した？」

「ジェント様が誰かお連れしている可能性もあるかな、と。そうしたら演技を続けないとマズいでしょう？」

ね？　私できる子でしょ？　褒めて褒めて～！　と顔に書いてある。実際、できる奴《やつ》ではあるのだが、暑苦しいので時々鬱陶しく感じることもある。

なお、普段、逢真にキツく当たっているのは、普通にしていると配下精神が放出してしまい、デレデレになってしまって不自然になるかららしい。たしかに、前の世界時代《ドムスパトリア》の関係性はなしにして一対一の個人として付き合おうと言ったのは逢真だが、まさかこういう感じになるとは予想できなかった。

曰《いわ》く、

「気を引き締めていないとジェント様への敬愛の情がダダ洩《も》れになってしまいます。そんな奴が同級生だったらジェント様がクラスで浮いてしまうかもしれません。そんな足を引っ張るような真似《まね》、私にはできません！」

だそうだ。

だからと言ってやることが極端すぎる。みんなの前では超絶塩、二人きりになると靴舐《な》めレベルの恭順……。

——中間がいいんだけどな。

そう思いつつ、まあリリーが満足ならそれでいいかと見逃していた。

とはいえ、とりあえず話をするためにも普通に立ってもらわなければ。

「いいから立て。これは命令だ。高いところから人を見下ろすのは性に合わないと何百年も言い続けてるだろう」

「ご命令とあらばっ！」

すっくと立ちあがって背筋を伸ばす友梨《ゆり》。

「じゃあいい加減本題に入るぞ」

「はっ」

「この世界でデスゲームが行われている、という話を聞いたことがあるか？　興行の名前は〝ヘイトブリーダー〟」

逢真《おうま》が問うと、友梨《ゆり》は瞬時に真剣な表情になる。

「デスゲーム、ヘイトブリーダー……聞いたことはないですね。突然どうしたんです？」

逢真は昨日巻き込まれたゲームについて話をした。

「それは……あきらかに魔法が使われていますね」

友梨の第一の感想はそれだった。

やはり友梨もまず気にかかるのは魔法の存在らしい。

「この世界の科学水準では不可能です。それに魔法陣が出ていたのであれば確定かと。そして魔法が使われているということは……私たちと同じ転生者が一枚嚙《か》んでいると考えて間違いないかと」

「やはりおまえもそう思うか」

友梨の意見も逢真と同じだった。

魔法を使って悪事を働いているのは、異世界《ドムスパトリア》からの転生者だと考えて間違いない。彼らがこの世界《テラ》を脅かしているのだとすれば……逢真としては見過ごすわけにはいかなかった。

なぜならこの世界《テラ》の平和な日常を、逢真は気に入っているからだ。

「リリー。お願いがある。デスゲーム〝ヘイトブリーダー〟について調査してほしい」

「承知いたしました！」

友梨は即答して敬礼した。

「——いいのか？　おまえは転生している。既に俺の部下ではないが……」

逢真はずっと気になっていたことを尋ねた。

「ジェント様……！　捨てないでください！　私は命を捧《ささ》げた身！　再びお仕えできて大変……大変うれしゅうございます‼」

「そうか……」

苦笑する。

たしかに逢真は友梨の命を助けたが、ここまで恩に着られるほどのことではない気がするのだが。

「ではさっそく今日から始めますね」

「理由は聞かないのか？」

「ジェント様が必要だと感じた以上、私は従うまでです。今までもそれでやってきました」

圧倒的な信頼。一種の盲信にも見える。彼女は思考停止の操り人形にも見えかねないが、そうではないことを逢真は知っている。

その証拠に——

「まあもしジェント様の意図を説明せよと仰せであれば……ジェント様は異世界がこの世

界の日常を破壊することを阻止したいのですね」

──説明せずとも逢真《おうま》の意図を理解していた。

逢真は平和な日常を愛している。それは異世界《ドムスパトリア》にいたときから同じだった。魔王として担ぎ上げられた際、首を縦に振ったのも、魔族たちに日常を与えたかったからだ。そのせいで自分は平穏からは程遠い生活を強いられたわけだが後悔はない。

今までこちらの世界では逢真は普通の生活をしていた。この世界《テラ》にも紛争は存在し、日本のように平和な場所ばかりでないことは理解している。だがこの世界《テラ》で逢真はただの男でしかなかった。不可能なことに手を伸ばすほど愚かではない。だから目の前の人々が平穏であれば敢《あ》えて何か行動を起こそうとは思わなかった。

けれど目の前で──少なくともクラスメイトの七菜香《ななか》が巻き込まれていた。そしてこんなにも近くでデスゲームが行われていたら両親や妹も巻き込まれるかもしれない。それは嫌だった。

「というわけですので、調査はこのリリーめにお任せください」

恭しく礼をするその姿が逢真には異世界《ドムスパトリア》での彼女の姿とダブって見えた。

4

デスゲーム〝ヘイトブリーダー〟の大枠については友梨《ゆり》がいろいろ調べてくれるだろう。一方で逢真は七菜香のことが気になっていた。

実際に参加していた七菜香。ゲームに勝つと金がもらえるシステムのようだから十中八九、金のために参加したのだと思われる。

参加者から直接情報を得るのも大事だろうと思い、逢真は七菜香に声をかけることにした。

が、ここで問題が発生する。

「どうやって話しかけたらいいんだ？」

スクールカースト的に逢真が堂々と七菜香に話しかけるのはマズい気がした。とはいえプライベートな連絡先（たとえばＬＩＮＥのＩＤなど）は知らない。

誰かに見つからない場所で声をかけるしかなさそうだ。

というわけで逢真は放課後、帰路についた七菜香のあとを追いかけた。教室で密《ひそ》かに七菜香を観察していたところ、一人で下校する様子だったたからだ。見ようによってはストーカーじみていて悲しい。ただチャンスではあった。基本的にいろんな生徒たちとつるんでいる七菜香である。次に一人でいるタイミングがいつになるかわからない。

七菜香はまっすぐ家に帰ろうとしているようだった。学校の周辺ではまだほかの生徒がいたので逢真は声をかけなかった。七菜香は交友関係が広いから知り合いと出くわす可能性も高い。

——そろそろいいか。

生徒もいなくなり、七菜香《ななか》一人と、少し離れて尾行する逢真《おうま》だけになったので声をかけようとした。

だが、

「やあ」

七菜香に先に声をかける者がいた。

二人組の男だ。かなり柄が悪い。髪は脱色しており、スーツの色や開襟シャツのデザインなどを見るに、堅気の仕事をしている者たちではなさそうだ。悪質なナンパだろうか？

声を聞いた瞬間、七菜香は身をこわばらせた。

「な、何の用？」

「おいおいとぼけないでくれよ。何回かおうちにお邪魔してるだろう？　例の件だよ例の件」

どうやら七菜香と彼らは知り合いらしい。

「困るんだよねぇ、このままだと。都合、つきそうなの？」

「そ、それは……本当は今日にはどうにかなるはずだったんですけど、あてが外れちゃって……」

「これ以上は待てないんだよねぇ。そうだ、ちょっとうちの店に来て働いてよ。そしたら日当出すからそれで支払ってもらうってことで」

あの様子だと、もしかしたら七菜香はこいつらから借金をしているのかもしれない。デスゲームにいて金が必要そうにしていたこととも辻褄《つじつま》が合う。

「お、お店……？」

「決まってるだろ？　男にいろいろサービスする店だよ」

「君だったらきっとナンバーワンになれると思うなぁ。おじさんたち、君みたいな子が大好きだからねぇ」

雲行きがだいぶ怪しくなってきた。

逢真は首を突っ込むことにした。七菜香は明らかに困っているし、彼女とはこの後、話をしたいから変な場所に連れていかれても困る。利害は一致している。

「おい」

「「あ？」」

チンピラ二人からものすごい勢いでガンを飛ばされた。しかし逢真にはまったく効果がない。怖いという感情がないからだ。二人の戦闘力は高く見積もってもゴブリンの子ども以下。人差し指一本で二人ともひねりつぶせる。

とはいえ白昼堂々、しかもクラスメイトの前で魔王としての力を思いっきり発揮するのも気が引ける。なるべくなら自分が転生者であることは明かさないほうが日常生活を穏やかに過ごせる。

さて、どうするか……。

「おまえ、この子の何？　彼氏とか？」

チンピラの一人が逢真《おうま》に近づいてきて顔を覗《のぞ》き込《こ》んでくる。

「いや、ただのクラスメイトだ」

「だったらどっか行っといたほうが身のためだぞ？　痛い目には遭いたくないだろ？」

「困ってるクラスメイトを放ってはおけない」

「へえ、ヒーロー気取りか。……後悔するぞ、ガキが」

チンピラ二人は半眼で凄《すご》み、逢真を見下ろしてくる。

その二人の体によって七菜香《ななか》からの視線がちょうど遮られた。そのタイミングを狙って、逢真は右手で魔法陣を描く。

二人の男に魔法がかかった。

「後悔か。させてみろよ」

逢真が静かにつぶやく。

すると、

「「は……？」」

男二人が呆《ほう》けた声を上げる。

そしてみるみる視線を上へと上げていく。

「ほら、どうした？」

「「え、あ、え……？」」

二人は後ずさり、しりもちをついた。

——二人には逢真の身長が徐々に大きくなっているように見えているはずだ。そして逢真の顔は狼《おおかみ》のように口が尖《とが》り、牙がのぞき、手には爪が生え……身長三メートルほどの獣人が目の前に出現したと錯覚している。

逢真は《幻惑《ダズリング》》を二人にかけたのだ。

七菜香がいぶかしげにこちらを見ている。魔法陣が七菜香に見えないように二人の体で隠していたから、彼女には何が起きているのかわからないのだろう。

「来ないならこちらから行くぞ！」

「「ひいいいっ……！」」

逢真が吠えると二人の男は大慌てで立ち上がり、転びそうになりながら一目散に逃げていった。

呆気《あっけ》にとられた様子で七菜香がこちらを見ている。

「え？　え？　え？」

「なんだ、口のわりに情けない連中だな」

逢真《おうま》は驚いた風を装いつつ言う。

「ちょっと凄《すご》んだくらいで逃げるなんて、ヤクザな世界でやっていけるんだろうか」

「そ、そういうもん？」

七菜香《ななか》は半信半疑のようだった。七菜香には《幻惑《ダズリング》》はかかっていないので、ただ逢真が男二人に話しかけたら彼らが逃げたように見えたはずだ。事実そのとおりに見えているので信じられなくても受け入れるしかないのだろう。

「ところで、沖島《おきしま》さん。あいつらは何者なんだ？」

逢真は本題に入った。

途端、七菜香の表情が翳《かげ》る。

「えーっと……うん。ちょっと場所変えて話そっか」

5

ジェント様がついに動かれた！

その事実をもって、リリー——現在の名、大渕友梨《おおぶちゆり》は心の底から身の震える思いだった。

友梨はこの世界《テラ》で物心がつくとすぐに逢真のもとにはせ参じた。三歳にして電車を乗り継ぎ、逢真の家の前に立った。居場所は魔力を探知すればすぐにわかった。

逢真に会うと開口一番、友梨は言った。

「こちらの世界でもお仕えさせてください！　ともに天下を獲《と》りましょう!!」

だが逢真は言った。

「こっちの世界では……平凡に暮らそうと思う」

友梨は逢真に天下を獲ってほしかった。先の世界《ドムスパトリア》でも、逢真が人間を皆殺しにする決断をすれば簡単に世界の覇権を握れたのだ。それをしない優しさ。そこもまた逢真の魅力ではあったのだが……もどかしく思っていたのも事実。

だからこそ、今度こそを天下を、と。

しかし逢真がそれを望まないのであればそれこそが友梨の望みでもある。友梨はすぐに受け入れ、逢真のもとをあとにした。

その後も細々と連絡だけはさせてもらい、高校入学のタイミングで同じ町へと引っ越した（だから友梨は現在一人暮らしである）。

部下として仕えるなとの仰せだったが、無理を言っておそばにいさせてもらった。その代わり、周囲に二人の関係がバレないように努めよとの命令に従い、断腸の思いで逢真のことを嫌いな振りをしていた。

だが――

――ジェント様はやはりただの一人間として終わる方ではなかったのです!!

今回、デスゲームなどという矮小《わいしょう》な遊びに興じる異世界人《ドムスパトリア》どもの企《たくら》みを阻止しようと考えた逢真《おうま》。

なんという立派な志! これこそ魔王陛下たる方の器!


放課後、友梨《ゆり》は逢真をいつでもサポートできるように、彼のあとをつけていた。命じられている調査については、使い魔(ネズミ、ハト、コウモリ)などを使って情報を収集させている。今は待ちのターンなので逢真の支援を優先する。

逢真はクラスメイトのギャル・七菜香《ななか》をチンピラ二人から救出した。御身の正体を明かさず撃退する華麗な仕事ぶりに友梨は感嘆した。

事情説明のため、七菜香は逢真をどこかに連れていくようだ。二人は繁華街のほうに向かって歩いている。友梨は気配を魔法で消してついていく。

しばらく歩いていて、友梨は違和感を覚えた。

かすかな音。

規則正しいそれは巧妙に忍ばされているが、鋭敏になった友梨の耳を誤魔化《ごまか》すことはできなかった。逢真に何か危険があったらいけないからと、友梨は常に五感のすべてを研ぎ澄ましている。

違和感を覚えたのは音に関してではない。足音を忍ばせながら歩く人間など別に珍しくないからだ。問題は、音がするのに気配がないことだった。

音のほうに意識を集中する。

――いた。

友梨とは反対の道沿いに歩いている女がいる。視界に入りそうな場所なのにまったく気づかなかった。気配を完全に消し去っているからだろう。こちらはおそらく魔法を使っている。だが足音に関しては本人の技量のみで消しているため、かすかに残っていた。それを友梨の耳がとらえたのだ。

女は明らかに逢真を尾行していた。ジェント様のあとをつけるとはいい度胸だ……反射的に抹殺の呪文を唱えそうになるがこらえる。ここは日本、派手な魔法を放っては結局のところ逢真の迷惑になる。

とはいえこのまま捨て置くわけにもいかない。主君に降りかかる火の粉を事前に払うのは配下の役目だ。

「ちょっといいですか？」

ぎょっとした顔で女が振り返る。まさか人から声をかけられるとは思っていなかったのだろう。友梨が気配を消したまま近づいたせいもあるかもしれない。

女はあか抜けた外見をしていた。服装は友梨たちと同じ高校の制服。

「何か用?」

 何食わぬ顔で女が問いかけてくる。驚く顔を見せたのは一瞬で、すぐに平静を装った。

「それはこっちのセリフです。貴女《あなた》……」

彼のあとをつけていたでしょう、と言おうとして女の顔に見覚えがあることに気づいた。

──この女、たしか、ジェント様の妹君。

再婚によってできた義理の妹。名前は白波結愛《しらなみゆあ》。

本来ならば尊敬すべき相手なので無礼な訊《き》き方《かた》をしたことを詫《わ》びるのが筋だが、あまりそういう気にはなれなかった。というのもこの女、逢真《おうま》のことを毛嫌いしているからだ。

クソが、どうしてそんな女がジェント様の妹に？　私が妹になれば合法的にお慕い申し上げ、それはもう至れり尽くせりのご奉仕をするところなのに……こいつは朝挨拶すらしないときている。ぶっ殺してやりたいくらいだ。それでもジェント様はこの妹をちゃんと妹として大切にされているので、そういうわけにはいかない。

しかしこの妹、なぜジェント様のあとをつけているの？　しかもどう考えても魔法を使っている。いったい、何者なんだ……。

いよいよ放置できないので、友梨《ゆり》はとりあえず質問を試みる。

「……お兄さんのあとをつけてるみたいですが、なぜです？」

「あなたに関係ないでしょ」

結愛はそう言うと、逢真の尾行を再開する。

「関係なくはありません」

慌てて友梨はあとを追う。

「お兄ちゃんとあなた、どういう関係なの？」

「えーっと、私はその、お兄さんのクラスメイトです……」

本当のことを言えないのが苦しい。

「ふぅん」

値踏みするような視線を向けられる。

「お兄ちゃんをストーカーしてるブラコンとか思われたら嫌だから説明するけど、私別にお兄ちゃんを追っかけてるわけじゃないから」

「え？　じゃあなんでついてってるんです？」

「隣のほう。沖島七菜香《おきしまななか》さんを追いかけてるの」

その可能性は考えていなかった。友梨にとっては逢真の存在が大きすぎた。高い忠誠心を持つのはいいが目が曇るのはマズい。友梨は猛省した。

「で、なんで沖島さんを？」

「ファンなの。彼女、読モやってて人気あるんだ。学校じゃ完全にインフルエンサーって感じ。彼女がやったファッションは学校中で流行《はや》るの。知らない？」

知らなかった。

「お兄ちゃんと七菜香《ななか》さん、ぜんぜん釣り合ってないし、なんで一緒にいるか謎だなって思って。義理でも兄は兄だし、なんか弱みとか握って七菜香さんを付き合わせてるんだったら、お兄ちゃん引っぱたいて七菜香さんを助けてあげないといけないから」

なんでこの妹はジェント様の評価がこんなに低いんだ？　目が節穴を通り越してブラックホールみたいだ。ジェント様が爪を隠すのがうますぎるということかもしれないが……配下としては歯がゆい。

必要な説明はしたとばかりに、すたすたと尾行を続ける結愛《ゆあ》。

友梨《ゆり》も後に続く。

「なんでついてくるの？」

「どちらもクラスメイトなので、何か問題があったら大変ですから」

口から出まかせだ。しかしこの怪しすぎる義妹を放置するわけにはいかない。この義妹が魔法を使っているのは確実。何か悪さをしないかしっかりと監視しておかねば。

逢真《おうま》と七菜香は繁華街で漫画喫茶に入った。友梨と結愛も入店する。盗み聞きするために使い魔を派遣しようかとも思ったが、運よく隣の部屋に入れたのでその必要はなかった。

＊

——何やってんだアイツら。

逢真は漫喫の部屋に七菜香と入りつつ考えていた。

友梨が逢真のあとを追いかけてきていたのは知っていた。今日、諸々《もろもろ》の命令を下し働くことを解禁したから側仕《そばづか》えを開始したのだろう。別にそんなことしなくていいのだが律儀な奴《やつ》である。

友梨に関しては想定内。問題なのは結愛のほうだ。

いったい何の用だ？　逢真を追いかける用はないだろうから七菜香に用があるのだろうか。

「さーて、ここなら誰にも聞かれないね」

隣で耳を澄ましている女性が二人いるのを逢真は知っていたが言わないでおいた。そちらの対処は後回しにして、まずは七菜香のほうに集中しよう。

集中すると、二人用の狭い個室に収まっている状況に緊張してしまう。太ももが否応《いやおう》なく触れあっている。

異世界時代《ドムスパトリア》、逢真は正妻を作らなかった。じゃあ側室がたくさんいたのかというとそういうこともない。恋愛らしい恋愛を五百年間してこなかった。する時間がなかったとも言う。

——忙殺されてたからな、いろいろな意味で。

自分が誰かと二人きりの時間を過ごすくらいだったら配下の相談に乗ったり彼らのパーティーに顔を出したりしたほうがよいと思っていた。自分の時間というものがそもそもほとんどないなかで、誰か特別な人物のために時間を割く余裕がまったくなかったのである。だから女性関係に関してはその人生経験と比するとやや初心《うぶ》だった。

「昨日さ、白波《しらなみ》くんもいたじゃん、ゲーム」

しかも七菜香《ななか》はギャルらしい距離感の近さで身を寄せてくる。逢真《おうま》自身の十七歳という肉体年齢のせいもあって意思とは関係なくドキドキしてしまった。おい今はそういうことを考えている場合ではないだろと自分を叱咤《しった》しつつ、あくまで会話にのみ集中する。

「そうだな。なんか迷い込んだみたいだ」

「そんなこともあるんだねぇ。運営、絶対秘密厳守にするって言ってたのに意外とザコいのかも」

緩い感じで笑う七菜香。

「じゃあ白波くんは別にお金いるとかそういうんじゃない感じ？」

「ああ」

「そっか……」

少し寂しそうな顔をする。

一瞬だけ身近な存在になっていた逢真《おうま》が遠く離れてしまったから、というようなそういう表情。

「私はね、自分の意思で参加したんだ」

「お金が必要だったのか？」

「うん。うち、すごい借金があって……さっきのチンピラは借金取り」

逢真にも状況が飲み込めてくる。

「私を見ると信じらんないかもだけど、うちのパパとママ、めっちゃ真面目でしっかり者で、コツコツ働いて家まで建てた人たちなの。その反動なのかな……今年に入ったくらいからギャンブルにハマっちゃって。悪い知り合いに違法なギャンブルに誘われたみたいで、どんどん負けて借金がかさんじゃってさ……それで怖い人たちからお金借りちゃった、みたいな」

「両親の借金だろ？　沖島《おきしま》は関係ないんじゃないか？」

「そんなのアイツらには関係ないよ。取れそうなところからむしり取ろうとしてるんだよ」

逢真がちょっとわからない、という顔をすると、七菜香《ななか》は「白波《しらなみ》くんってピュアなんだね」と苦笑いした。

「アイツらが言うにはさ、私みたいな女ならいくらでも稼げるだろって。夜の町に出れば」

「ああ……」

さすがの逢真もそれで理解した。同時に腹の底から煮えたぎるものが湧きあがってくる。

「最低じゃないか」

「そう、最低。でもお金を借りたのは私の親だから」

「……」

「私にだってさ、プライドあるし？　夜の街で働くのが悪いことだとは言わないけど……それはやりたい人がやるならの話。私はやりたくない。読モやってるのも目標があるからだし。そんなときに……これをもらったの」

七菜香はカバンから一通の封筒を取り出した。

ファンシーな装飾を施された白い封筒——デスゲームへの招待状だ。

「見覚えなさそうだね。マジで迷い込んだ系なんだ」

「拉致されたようなもんだよ」

封筒を受け取りつつ、逢真は招待状を吟味する。

招待状自体に魔力の残滓《ざんし》は感じられなかった。普通に作られた手紙だ。

手紙には集合場所など細々したことと、それから賞金の額が書いてあった。

その額——十億円。

「これだけあれば借金は全部返せる。ゲームをやるだけって言われたから藁《わら》にもすがる気持ちで行ったんだけど……あまりにもヤバくて笑っちゃうよね」

ハハハと力なく笑う七菜香《ななか》に対し逢真《おうま》は真顔だ。

借金をしている者を狙い撃ちしてのデスゲームへの誘い。

「デスゲームだけだったらとぼけちゃおうかなって思ってた。正直夢みたいな出来事だったし。でもチンピラに絡まれてるとこまで見られちゃったらとぼけらんないかなって思って話した。お願い、クラスのみんなには黙ってて」

ぎゅっと近づいてくる。

ハニートラップ的なものを感じる。逢真は悲しくなる。体を売りたくないと言っていたのに逢真に対して半分売り渡しているような雰囲気を感じて。

「こんなことバレたらクラスでいろいろ噂《うわさ》になってグループからも弾《はじ》かれちゃうかもしれない。私は……まだ楽しい高校時代を諦めてない」

「心配するな。俺はぼっちだから話すような友人はいない」

そう言って逢真はちょっと乱暴に身を離した。

七菜香はきょとんとしたあと、

「なんか、ごめん……」

と言って笑った。

本当のことを言っただけなのだがもしかしたら気を遣われたと思ったのかもしれない。

その証拠に、

「逢真って優しいんだ」

と一言つぶやくように言った。

「あ、逢真って呼んでいい？　一緒に漫喫きたし、もう友達って感じで」

「え？　ああ、別にいいけど……」

「私のことは七菜香って呼んでいいから」

「それは、ハードルが……」

「えー、呼んでよー。沖島《おきしま》じゃなんか距離あるじゃん」

「わかったよ、七菜香」

「うん、いい感じ！」

急なギャル的コミュニケーションに戸惑う。そういうのは昔から苦手だ。

「よーし。じゃあせっかくだし、時間いっぱい漫画読んでこっか」

七菜香は気持ちの切り替えが早いらしく、スキップしそうな勢いで部屋を出ていくと、
数分後、どっさりと漫画を持って帰ってきた。

「七菜香、漫画好きなのか？」

「え？　知らなかった？　隠してるわけじゃないんだけどなー。私けっこうオタクだ

よ？」

　学校だと情報収集力低いんだよなーと思う。

「そーゆー逢真《おうま》も、かーなーりー、持ってきてるね？」

　せっかくなので逢真も読んでいなかった漫画をどっさり持ってきていた。

「俺もけっこう読むほうなんだ」

　逢真がかつて生きていた異世界《ドムスパトリア》とこの世界《テラ》に違いは多い。

　その中でも大きく違うのはフィクションの質だ。

　ライトノベルや漫画のような読み物は異世界《ドムスパトリア》にはなかったので興味深く読んでいたらすっかりハマってしまった。

「あ！　これ読んだ読んだ！　面白いよ！」

　逢真の手元を見ようと、七菜香《ななか》がぐっと身を寄せてきた。肘に何か柔らかいものがあたったり、いい匂いが鼻をくすぐってきたりして、逢真は思わず緊張してしまう。

「逆に……俺は七菜香が持ってきたやつを読んだことがある」

「お！　いいね！　じゃあ読み終わったら語ろう！」

　そこからは無言で漫画を読《よ》み漁《あさ》ることになった。

　今まで趣味を共有できた相手がいなかったので新鮮な気持ちがする。

　逢真は不思議と緊張感がなくなっていた。なんだか七菜香が仲間になったようなそんな感じがした。

「う～、いっぱい読んだぁ」

店の前に出ると七菜香は大きく体を反らせて伸びをした。重量感のある胸部が揺れて逢真は思わず目を逸《そ》らす。

「結局ぜんぜん話さなかったな」

「だってあの漫画超面白いんだもん！　途中でやめられなかった！　だから」

七菜香はスマホを取り出し、

「連絡先交換しよ。今度また語るってことで」

「え？　いいのか？」

「いいに決まってる。ってかお願い！　意外とギャル友って漫画読まないから、語れる人貴重なんだよ～」

「そういうことなら」

逢真と七菜香はＬＩＮＥのアカウントを交換した。親以外では初だ。妹の結愛《ゆあ》とも交換していない。

「じゃ、また明日ね」

「七菜香」

「うん？」

「もし同じデスゲームに出れたら……俺が君を勝たせる。というか誰も犠牲にならないようにする」

「……」

七菜香《ななか》ははっとしたような顔をしたあと、目を細めた。

そこには諦めのような感情とほんのちょっとだけ嬉《うれ》しさのようなものがあるような気がした。

逢真《おうま》の言葉を真に受けてはいない。そんなこと不可能だと思っている。けれど気持ちだけは受け取っておく。そんな感じ。

その証拠に。

「――うん、ありがと」

小さく礼を言い、去っていった。

「…………」

逢真は思う。

――七菜香は俺を友達だと言ってくれた。

友人を助けるのは当たり前だよな？

異世界《ドムスパトリア》で戦っていたときとは少し違う動機。

逢真の中でデスゲームとの戦いにまた一つ理由が増えた。

第3話　それぞれの事情

1

七菜香《ななか》の背中が雑踏に消えたのを見計らい、逢真《おうま》は後ろを振り返った。

「二人とも出てこい。来てるのはわかってる」

店から結愛《ゆあ》と友梨《ゆり》が出てきた。

結愛はいつもどおり無愛想な顔。友梨も結愛の手前かクラスにいるときのような素っ気ない表情をしている。

「結愛、どこまで聞いた？」

「デスゲームがなんたらかんたらって。ドラマの話でもしてたの？」

逢真は質問には答えず手のひらを結愛の額にかざした。

魔法陣が展開され《忘却《フォゲット》》が発動する。

「あれ？　私、ここで何して……ってお兄ちゃん!?」

「奇遇だな。どうした？」

「ちょっとボーっとしてただけ。先帰る」

すたすたと結愛は去っていった。

結愛の姿が見えなくなってから逢真は友梨に話しかけた。

「友梨、側仕《そばづか》えはしなくていいと言ったはずだ」

「私がしたくてしているので、どうかお気になさらず。調査も滞りなく進行しております。今回みたいなこともあるので、お側仕えは続けたく思います」

「……結愛のことか」

「はい。あの女——失礼。妹君は魔法を使って気配を消していました。沖島《おきしま》七菜香のあとをつけるためと言っていましたが、魔法を使うとはいったい何者……注意したほうがいいです」

「魔法くらい使うだろうな。あいつは転生した勇者シャリンだから」

逢真はさらっと言ったが、友梨の顔は驚愕《きょうがく》に染まった。

やはり気づいていなかったか。結愛は巧妙に隠していたから逢真以外は気づけなかったのだろう。

「ま、まさか、あの宿敵が⁉　ジェント様の妹君に転生⁉」

「義理だけどな」

そう。

白波《しらなみ》結愛は、異世界《ドムスパトリア》で逢真たち魔族と人類の命運を賭けて戦った勇者シャリン・ローズなのだ。

「なぜそんな危険な者をおそばに置くのです⁉　手打ちになったとはいえ、あやつは散々ジェント様を苦しめた憎き仇《かたき》じゃないですか⁉　何をしてくるかわかりませんよ⁉」

「大丈夫だ。あいつも俺と同じでこの世界では平和に暮らしている。その証拠に魔法を使っている痕跡はほぼない。今回も何かイレギュラーがあったんだろう」

「……向こうはジェント様に気づいているのでしょうか？」

「さあな。あいつからは何も言われていないから俺も何も言ってない。お互い不干渉だ。手打ちとはそういうものだろう？」

「それはそうかもしれませんが……えーっと、そういえば先ほど《忘却《フォゲット》》をかけていましたね？　あれは？」

「あいつの平和な暮らしに水を差すのも嫌だから、今回のデスゲームの件はきれいさっぱり忘れてもらった。あいつのことだ。この世界に危機が迫っていると知ったら動かずにはいられないだろう」

勇者シャリンの性格を考えると、人間のためにまたしても身を粉にして働きかねない。彼女には今回の人生ではゆっくりすごして欲しかった。

「あれだけ戦った相手をそこまで気遣うなんて……ジェント様はお人よしすぎます！　まあそういうところも素敵なんですけど!!」

歯がゆそうに友梨《ゆり》が言うので、逢真《おうま》は笑った。

「悪いな、心配かけて」

「いえ。そこも承知でお仕えしているので……」

2

魔王ジェントとその使い魔リリーが漫画喫茶の前で話をしていたちょうどそのころ——

勇者シャリン——この世界《テラ》の名前では白波結愛《しらなみゆあ》は、一人雑踏を歩いていた。

そのまま人気のない路地に入ると、周囲に誰もいないことを確認し、

「あ————!!」

うずくまって口の中で絶叫した。

またやってしまった。どうしてあんな態度取っちゃうの!?

めちゃくちゃ嫌な感じだったよね!?　絶対、嫌われてると思ったよね!?

失敗！　大失敗だ!!

そんなつもりはないのに、なぜか結愛は逢真に対して嫌な態度をとってしまう。理由は単純。緊張してしまうからだ。

この世界《テラ》で再会して三年。

全然慣れない。

そもそもが不意打ちだった。まさか魔王もこの世界《テラ》に転生してるなんて。しかもこんな形で出会うなんて。

逢真《おうま》との再会は、母親に再婚相手とその子供を紹介したいからと言って連れていかれたレストランの席だ。

逢真を見た瞬間、結愛《ゆあ》は彼が転生した魔王ジェントだと確信した。うまく隠していたが、もともと魔力の存在感が大きすぎるから結愛のように魔王ジェントに執着している者が見れば見分けられるのだ。

結愛は完全にフリーズした。だから初対面でまず挨拶を返すことができなかった。

――で、でも、ここで再会できるなんてきっと何かの運命！

と、そのときは思った。

結愛……勇者シャリンは異世界時代《ドムスパトリア》、心に秘めていた。

そう、魔王ジェントへの恋心を！

魔王は敵だ。憎むべき存在。そんな相手に恋をしているなんて知れたら人間たちに八つ裂きにされるレベルでは済まない。だから絶対に言えなかったし、魔王に対しても、絶対バレないようにめちゃくちゃ嫌な感じで接していた。魔王はきっと、勇者シャリンは魔王を心の底から憎んでいると思っただろう。

でも違うのだ。

シャリンは魔王ジェントが好きだった。

たしかに魔王は敵だ。けれどいろいろと見ていくうちに、彼は理由のない殺戮《さつりく》を一切しないことがわかった。無意味な殺戮は決まって彼の部下が勝手に暴走したから起こったことであり、判明したものに関しては必ず罰が下っていた。

そしてそもそも戦争を吹っ掛けたのは人間側だ。

シャリンは頑張った。魔王と勇者が結ばれるなんて不可能。だったら諦めて人間の恋人を作ろう、と。だが本当に申し訳ないけれど、魔王ジェントの存在を知ってしまうと人間の男はみんな物足りなかった。

まず自分より強い奴《やつ》がいない。シャリンは人類最強だった。

けれどシャリンの希望は実はお姫様になることだった。これを言ったら笑われるだろうから誰にも言っていなかったけれど、本当は誰かに守られたいタイプなのだ。白馬の王子様を待っている系女子。

勇者になったのだって自分からなったわけじゃなく、なんか人類で一番強いと判明してしまったから担ぎ上げられただけの話。

本当は家の中で夫の帰りを待っていたいタイプの控えめな女性なのである(自分的には)。

しかし残念ながら人類にシャリンより強い者はいなかった。

魔族にもただ一人の例外を除いて存在しなかった。

つまり――シャリンが恋しうる相手は魔王ジェントただ一人だったのである。

シャリンの当時の夢は、戦争を終わらせ、魔族と和解し、魔王に告白して彼のお嫁さんになることだった。

だから――戦争終結のためにこの手で彼を殺さねばならなかったのは、本当に……本当に辛《つら》かった。

涙を流した自分を優しいと言ってくれた魔王。

その声を忘れることは決してなかった。

それが……お互い転生して再会した。

この世界《テラ》では二人とも人間だ。いがみ合う必要はない。

そう、これはきっと運命……！

なんとか顔合わせ会が進行している間にここまで考えて復活を果たし、結愛《シャリン》は果敢に逢《ジェ》真《ント》に話しかけようと試みた。

だがその直前に、あることに気づいて絶望が襲い掛かった。

ちょっと待って。ジェントがここにいるってことは、え？　彼と私、兄妹《きょうだい》になるわけ？

それって…………結婚できないじゃん!!

ずーん。

あまりのショックに口を開くことができず、結愛《ゆあ》は顔合わせの会でほぼまったく喋《しゃべ》らなかった。逢真《おうま》には結愛《ゆあ》は逢真が嫌いだと思われたようだ。困る。誤解だ。

いろいろ調べた結果、血が繋《つな》がっていなければ兄妹《きょうだい》になっていても結婚できるということがわかった。

よし、じゃあアプローチしよう。

だが……いったいどうやったら……？

白波《しらなみ》結愛。元勇者。異世界《ドムスパトリア》時代は魔族との戦いに明け暮れていたせいで恋愛経験ゼロ。転生してからも魔王ジェント以上に素敵な男性に出会えることはなくやはり恋愛経験はゼロ。

何をどうしたらいいのかまったくわからない……！

と、そんなこんなで三年間もたもたしていた。

そうしたら今度はデスゲームの存在が浮上。それを解決しようと思ったけれど、逢真を巻き込みたくない。巻き込まないためには、逢真が深入りしないようにこっそり動かないといけない。

だから逢真が結愛のことを「兄嫌いの義妹」だと認識してくれているのは距離が取れて都合がよかった。複雑な気分ではあるけれど。

ともかく、デスゲーム問題は解決しないといけない。自分たちの同類がこの世界《テラ》の人々に危害を加えている。そんなことを元勇者である自分が看過できるわけがない。

だからとりあえず……逢真とのことは置いておく。デスゲーム問題を解決してから逢真との恋愛は本格的に進めよう……と、問題を先送りにして今に至っていたのだが。

「なんで首突っ込んでんのよ!!　もーお兄ちゃんのバカあああ!!」

結愛は再度叫んだ。

結局、逢真もデスゲームに巻き込まれていた。

あの男はいつも他人のことばかり気にして自分をないがしろにして。最強の魔族で人類を恐怖のどん底に陥れた張本人が超のつくお人よし。何かの冗談かと思った。だが事実なのだ。

魔王が冷酷残忍な奴《やつ》であればよかったのに。何度そう思ったことか。まっすぐ憎める相手だったら本当に楽だった。

ああムカつく。

今回もまた自分から面倒事に巻き込まれているんだ。自業自得だ。

逢真の奴、《忘却《フォゲット》》をかけてきた。一丁前に兄貴面して巻き込まれないように気を遣っているらしい。大きなお世話だ。結愛は自分から今回の件の調査をしているのだから。

逢真のことだから、秘密を守るために《忘却《フォゲット》》あたりを使ってくるのではないかと結愛は思っていた。そこで結愛は、漫画喫茶を出る直前に、この路地裏のゴミ箱に数時間分の記憶を送っておいた。物体に想《おも》いや記憶を残す魔法——《残留思念《リメイン》》である。

逢真《おうま》が結愛《ゆあ》の正体に気づいているかは不明だが、向こうが切り出してこないのであればこちらも話す義理はない。

とにかく。

逢真がこれ以上足を突っ込まないようにするためにも、さっさと結愛たちで問題を解決してしまうのが大切だ。

結愛は七菜香の調査のあとに行く予定になっていた場所に向かった。

駅の近くのさびれた公園だった。そこには結愛を待つ者がいた。

銀縁眼鏡のひょろっとした体躯《たいく》の男。

城下貴英《しろしたたかひで》。逢真たちの英語を担当する教師だが、実は結愛と同じ転生者である。異世界《ドムスパトリア》時代はロウプと名乗っていた。

結愛《シャリン》自身は、子供の頃に何度か会っただけで、正直面識がある……というほどではなかった。ロウプは早くに戦死してしまっていたからだ。ただ異世界《ドムスパトリア》時代に仲間たちから彼の優秀さについては話を聞いていた。

ロウプは戦死したあと転生し、結愛たちよりも早くにこの世界《テラ》での生活を始めたようだ。本当の年齢は見た目よりも若いが、教師として活動する際は今の四十代半ばくらいの外見を使っているらしい。この世界《テラ》で活動するために、彼はさまざまな顔を使い分けている。

「沖島七菜香《おきしまななか》はどうだった」

結愛の姿を確認するなり、城下はすぐ本題に入った。

「家に莫大《ばくだい》な借金があるみたい。それを返すためにデスゲーム〝ヘイトブリーダー〟に参加したって話してた」

「借金のある者を狙い撃ちしているのは間違いないようだな」

城下は頷《うなず》く。

――結愛が城下とこの世界《テラ》で会ったのは高校の入学式のときだった。

結愛は高校に足を踏み入れたとき、魔力の痕跡を感じた。逢真と同居していたので一瞬、彼のものかと思ったが、逢真はいつも魔力の存在感を消して生活している。彼がミスをするとは思えないのでいぶかしく思っていた。

入学式の時間になり、教員の中に魔力を持つ者がいるとわかった。

その教師が一人になったタイミングを見計らって、結愛のほうから声をかけた。職員室のほうへ向かう廊下だった。

「ちょっといい？」

かすかに魔力を込めた声で。

「ほう、俺の魔力に気づいたのか」

城下は同じく魔力を込めた声を返してきた。

「危なくないの？　この世界の者たちは魔力について知らない。気づかれると面倒なことになる」

結愛《ゆあ》が訊《き》くと、城下《しろした》は、これでいいんだという風に頷《うなず》いた。

「おまえのように声をかけてくる奴《やつ》がいるだろうと思ってかすかに流しておいたんだよ。俺以外にもこっち《テラ》に来ている奴がいるのはわかっていたんだが、なかなか接点を持てなくてな」

「……この魔力は、もしかしてロウプ？」

「わかるのか？」

「魔法の勉強をしてたときに、あなたが遺《のこ》した魔導書をいくつか使わせてもらった。そこにあなたの魔力の残滓《ざんし》があったわ」

「そんなことにまで意識が向くとは……さすがは勇者シャリンだな」

「あなたこそ、私が誰なのか一発でわかるなんて。仲間に聞いてたとおり、優秀なのね」

お互い魔力の質から相手の素性を看破した。

しばらくはお互い距離を保ちつつ、ときどき情報交換をするだけの関係が続いた。同じ転生者とはいえ、こちらの世界《テラ》では生徒と教師でしかない。

二人が改めて協力関係を結んだのは二週間ほど前。

デスゲーム〝ヘイトブリーダー〟の存在が明るみに出たからだ。

「……沖島七菜香《おきしまななか》だけど、少し泳がせようと思う」

「ほう？」

結愛が言うと、城下は先を促すように目を細めた。

「沖島は、ただの参加者にしては少し気になる点がある。たぶん次のデスゲームにも参加するだろうからうまくあとをつけて……できたらデスゲームの開催場所まで追いかけるつもり」

「気をつけろよ。運営は確実に魔法を使っている」

「魔法なら私も使えるわ」

「忘れたのか？　異世界からの転生者は、初期の段階では異世界時代の魔力の一パーセントしか発揮できない」

「わかってる。体がこちらの世界のものだからでしょう？　訓練もしているし、大丈夫よ」

「たしかに訓練次第でレベルは上がるが、おまえはまだ出せて五、六パーセントだろう？　対する敵は長い間こちらの世界で魔法を使い続けている。下手をすれば百パーセントの力を出している可能性もある」

「私はもとの魔力が大きいからそれなりに戦えるわ。心配、ありがとう」

「自信家だな」

城下は肩をすくめた。

「自分の実力を客観視してるだけよ。大丈夫、無理はしないから」

「了解だ」

「それからもう一つ気になることが」

結愛《ゆあ》は一番重要なことを付け加えることにする。

「何だ」

「白波逢真《しらなみおうま》……魔王ジェントが沖島七菜香《おきしまななか》に接触したわ」

「何？　奴《やつ》もデスゲームを調べているのか？」

「そうみたい」

「マズいな。もし奴がデスゲーム側についたら俺たちでは手に負えないかもしれんぞ」

やっぱりそう考えるか。

結愛は内心でため息をついた。

ドムスパトリアの人間には魔族イコール悪という発想が完全に染みついている。だがその発想は少なくとも魔王ジェントには当てはまらない。そのことを理解できていない。

「それはない」

結愛は断定した。

「デスゲームはあいつが一番嫌うタイプの遊びだから」

「ほう、やけに魔王の肩を持つんだな？　家族になって心変わりしたか？」

「あ、あいつのことは今でも嫌いよ。でも……あいつがいなければ私たちの世界は人類と魔族が殺し合って共倒れになっていた」

結愛は遠くを見る目をする。

「それをあいつが食い止めたのは確かだから」

＊

結愛が今でも鮮明に覚えていて、そして夢にまで見てしまう情景。

魔王城――王座の間。

王座に座る逢真とそこに立って対する結愛。

「これですべて準備完了だな。だいぶ時間がかかってしまった」

口元に笑みを見せながら逢真が言う。その姿は今の高校生の姿ではなく尊大な魔王ジェントのそれである。

「仕方ないわ。《召喚魔獣》は六十六柱もいるんだから」

対する結愛の格好も勇者シャリンのものだった。

《召喚魔獣》66柱の封印と《嘆きの障壁》の設置――。

荒唐無稽で壮大。明らかに無茶《むちゃ》な作戦だったけれど、シャリンとジェントはやり遂げた。

そしてこうして、そのときが来た。

「勇者シャリン。協力、感謝する。おまえが秘密裏に動いてくれなければこの偉業はなしえなかった」

人類の総意、そして魔族の総意を得るのは難しかった。だからシャリンとジェント、それからそれぞれの信頼できる側近たちのみで動いていた。

「本当にいいの？　死ぬことになっても」

「ああ。悔いはない。俺は恵まれていた。信頼できる配下に恵まれ、多くの同胞と夢を追いかけられた。そして——おまえというよきライバルに出会えた」

「——ッ！」

その言葉に、ツンと胸の奥が痛くなる。

シャリンは思っていた。

もし種族が違ったら、彼とは敵対していただろうか？

戦いの中で彼のさまざまな行動を見て、彼がクズではないということは嫌でもわかっていた。シャリンはジェントと出会ったことで、魔族にも心があり、正義があると実感した。

頭ではわかっていたけれど実感として理解できたのは、それを体現するジェントがいたからだった。

だからこそ、彼に惹《ひ》かれたのだ。

「勇者、おまえは優しいんだな」

「何が……」

「敵のために泣ける奴《やつ》は優しいと思うぞ？」

「……！」

自分が死する際のときまで、相手のことを優しいと言い、おもんぱかる。

そんなあなたのほうが優しいじゃないか。

シャリンはその場に泣き崩れそうになるのを抑えるのに精いっぱいで何も言えなくなった。

「シャリン。やってくれ」

「わかった」

シャリンはただ、魔法陣を展開し、術を発動させるだけ。

「さらばだ勇者シャリン。ドムスパトリアを頼むぞ！」

魔王ジェントは笑顔で光の中に消えていった。

＊

「――あいつは魔族だけど、理由もなく人間を殺すような奴じゃない。魔族と人間が対立していたから人間と戦っていただけで、特にそういう事情がなければ大人しく普通の生活をするような男よ。そういう意味ではわかりやすくて信頼できる」

「ふむ。実際、今はお互い人間だしな。じゃあ仲間に引き入れるか？　あれだけの男だ。味方につければかなり役に立つ」

結愛《ゆあ》は首を横に振った。

「あんなのと一緒に戦うなんて御免よ」

結愛は言った。いつも通り、魔王嫌いの勇者を演じた言葉だが、一緒に戦いたくないのは本心だ。

逢真《おうま》を巻き込みたくない。彼には今度こそ平穏な生活をしてほしい。

そんな風に心の底から思っていた。

「はは、たしかにそうか」

城下《しろした》は結愛の言葉を聞いて笑った。敵と一緒に戦いたいと思うほうが変なのでこれが普通の反応だ。

3

週末の土曜日。

学校が休みなので、逢真が勉強机に向かって宿題などをやっていると、スマホが振動した。
友梨《ゆり》からのメッセージだった。
友梨［デスゲーム〝ヘイトブリーダー〟について情報がまとまったので通話よいですか？］
逢真［ありがとう。大丈夫だ］

さっそく着信が来る。

《もしもしジェント様。お休みのところすみません》

「いや、助かるよ」

《いろいろとわかりました。とりあえずデスゲームの運営組織は〝創世旅団〟です》

「何？」

逢真は険しく眉を寄せた。

創世旅団……奴《やつ》らがこちらの世界に来ている？

電話越しに友梨もため息をついている。

《心中、お察しします。こっちの世界でも奴らの名前を聞いて私もうんざりしています》

創世旅団とは異世界《ドムスパトリア》に存在した組織で、一言で言うと人類の過激派である。

人類と魔族は戦争状態だったが、かといって人類側のすべての人間が徹底抗戦を訴えていたかというとそうではない。中には穏健な集団もいて、何らかの形で講和の道を探る者も存在した。勝利を求める者たちも、たとえば魔族に奪われた領土を取り返せばＯＫとか、これ以上侵略がなければＯＫとか、何らかの形で達成ラインを引く者が多かった。程度の差こそあれ、現実的に物を見ている人間が多数だったわけだ。

しかし創世旅団は魔族の殲滅《せんめつ》を目標に掲げ、かつ目標達成までの徹底抗戦を訴えていた。賛同しない者はたとえ人間であっても容赦しないという苛烈さで、魔族だけでなく多くの人間も手にかけていた。戦争に終結の目処《めど》が立たなかったのは創世旅団のような連中がいたことも一因だった。

当然、魔族への仕打ちは苛烈を極めていたので、逢真《おうま》も対応には苦慮していたのだった。たちの悪いことに魔法の実力も非常に高かったため、逢真は魔族たちを守るために奔走する羽目になった。

「創世旅団がデスゲーム……いまいちピンとこないな」

異世界《ドムスパトリア》での彼らの目的は「魔族の皆殺しと人間による世界統一」だった。それと人間たちに殺し合いをさせるデスゲームとの関連がよくわからない。

《私もそう思って、何かの間違いではないかと二重三重に調べたのですが、少なくとも運営に創世旅団のメンバーがいるのは間違いなさそうです。もともと奴《やつ》らのやることは突飛すぎて私たちには理解が追いつきませんし、また何かろくでもない理由があるのではないでしょうか》

「それを把握するためにも調査を続ける必要がある、か……。創世旅団が関わっているということは、問題がこの世界だけのものではない可能性もあるな」

《はい。大変由々《ゆゆ》しき事態です》

「わかった。調査は続行する」

《了解いたしました。それから、沖島七菜香《おきしまななか》の両親についても調査したのでご報告いたします》

逢真は先日七菜香から話を聞いて、少し引っかかったことがあった。

親が借金を作ってしまい、返済能力がないせいで七菜香のもとに借金取りがやってきたのはわかる。だが、真面目だった両親が突然ギャンブルにハマったという話に違和感を覚えていた。

そこで七菜香の両親の経歴を友梨《ゆり》に調査してもらったのだった。

「聞こう」

《所感としては、〝堅実〟という言葉が彼らほど似合う人はなかなかいないように思いますね。真面目に勉強し、働き、家庭を築いてきた方々です。お二人ともパチンコや競馬な

どのギャンブルにもハマったことはないようでした》

「そんな人間が突然ギャンブルで借金を作った……やはり不可解だな」

この辺りにも、創世旅団による何かが関わっているのではないかと逢真《おうま》は直感的に思った。

「調査、ご苦労だった。俺も動こうと思う。もう一度デスゲームに参加して中から探る。参加できるように手配してくれないか？」

《そうおっしゃると思ってコーディネーターと接触したのですが、困った事態になってしまって》

「何？」

友梨《ゆり》は言いづらそうに間を空けてから言った。

《実は……ジェント様はブラックリストに載ってしまっているためデスゲームには参加できません》

第4話　第二ゲーム開始

1

「つまり前回のゲームを俺がめちゃくちゃにしたのを運営はしっかり見ていて俺をマークした、と？」
《そういうことになります……》
「さすがに運営もバカではないか」
《きちんと対応してきていますね。しかし、どうしましょう？》
逢真は顎に手をあてしばらく考えた。
「参加予定者のリストはあるか？」
《はい》
スマホにリストが送られてくる。
リストには参加予定者の氏名、簡単なプロフィール、住まいなどが記載されていた。
その中に七菜香《ななか》の名前を見つけ逢真は悲しい気持ちになる。だが現状、金が必要な七菜香はデスゲームに自分から参加してしまう。逢真としては止めたい気持ちだったが、強制することはできない。

「……よし、この男にしよう」
《と、言いますと？》
「招待状を貰《もら》いにいくぞ」

一時間後――。

逢真《おうま》と友梨《ゆり》は住宅街に建つアパートの前に立っていた。

二階建ての小さなアパートだ。部屋の数は六つ。すべてワンルームの賃貸。学生が一人暮らしするのに手ごろなレベルの住まいである。

「このアパートの201号室ですね」

友梨が言う。

参加予定者の名前は本多俊一《ほんだしゅんいち》。逢真の家がある市内に住む二十歳の男子大学生。

土曜日の昼間。在宅しているようだ。

「寝ているみたいですね。休みは昼まで寝るタイプのようで」

友梨の手の中の水晶玉に部屋の中が映っている。友梨が放ったネズミの使い魔が中の様子を見て、その視界を水晶玉で共有しているのだ。家主はベッドに入って寝入っている。

部屋は適度に散らかっていて、床に置かれた丸テーブルには昨日食べたであろうコンビニ弁当のゴミが置かれている。

「行くか」

逢真と友梨は外階段を上って201号室の前に行く。鍵はかかっているがこの程度の鍵、逢真と友梨の魔法の前ではなきものに等しい。《開錠《アンロック》》の魔法をかけて難なく開ける。

中に入ると、ネズミの使い魔がすでに招待状を発見し、くわえていた。逢真が招待状を受け取って撫《な》でてやると嬉《うれ》しそうにすり寄ってくる。

逢真は寝息を立てる大学生の額に手をあてた。魔法陣が展開し、《忘却《フォゲット》》が発動する。これでこの男からデスゲームに関する記憶が消去された。

これで準備完了。

次のデスゲームの開催はこの翌日、日曜日の夜だった。

集合時間は十八時。集合場所は住宅街の人通りの少ない道路。五月なのでまだ日が落ち切っておらず、夕焼けと夜闇の間のような黄昏時《たそがれどき》の空で……人間からするととても不気味な夜だろうと思われた。

だが、

「いい夜だな」

元魔族である逢真にとってはむしろ心地よい光景だ。

「ええ、本当に。まさに〝不死王〟様に相応《ふさわ》しい夜ですね」

見送りにきた友梨《ゆり》も口元に笑みを浮かべながら言う。

〝不死王〟というのは、異世界時代《ドムスパトリア》の別名の一つだ。人間たちはジェントという名そのものを恐れ、別の名で呼ぶことも多かった。

「ではお気をつけて」

「心配するな。〝不死王〟が死ぬことはない」

「それは失礼いたしました」

逢真《おうま》の返事を予想していたのか、友梨はくすくすと満足げに笑いながら姿を消した。

集合時間になると例のごとく黒のバンが道に横づけされた。

逢真は特に不審がられることなくバンの後部座席に乗り込んだ。

――スタッフたちの視点だと、逢真は白波逢真《しらなみ》ではなく、件《くだん》の男子大学生、本多俊一《ほんだしゅんいち》に見えている。《幻惑《ダズリング》》の力だ。

車内に睡眠薬入りのガスが充満し、逢真は眠りについた。

＊

薄暗がりの部屋に漆黒の衣を身にまとった人物がいた。顔には白面。服がゆったりとしている関係で性別は不明。

その人物は椅子に座り、モニターを見つめている。

このデスゲームのゲームマスターであった。

尊大に構えているゲームマスターだが、今回は緊張感があった。前回のゲームが失敗してしまったため、ＶＩＰたちの機嫌が悪いのだ。

もっとも、ＶＩＰたちも警察などには捕まらず逃げおおせたようで最悪の事態にはならず、再び興行をできているのだからゲームマスターもＶＩＰも幸運と言えた。しかし観客はそんな些細《ささい》な幸運など気に留めてはくれない。

今回のゲームでは埋め合わせが必要になる。しっかりとＶＩＰたちを楽しませ、おおいに賭けさせて興行を成功させたいとゲームマスターは思っていた。

（さて、参加者たちにはどのゲームをプレイしてもらうか……）

ゲームのリストをディスプレイに表示させ、吟味する。

すぐに、参加者の顔を実際に見て考えるのが一番だと思い、ディスプレイに控室の様子を映し出した。

十人の参加者がメルヘンな洋室に集められている。

集まっているのは二十代くらいが多く、三十代以上が複数名、十代も二人……。

思わずゲームマスターは参加者の中に白波逢真がいないか確認してしまう。ブラックリストに入れて絶対にゲーム会場に入れないように、とゴスロリ人形たちに厳命してあったので大丈夫だと思ったが、前回ゲームを台無しにされたのがトラウマになっていて自然と疑い深くなっていた。

幸い逢真《おうま》の姿はなかった。

ゲームマスターは安心し、ゲームの選定に戻る。

前回のリベンジとして〝だるまさんがころんだ〟をやるというアイディアが頭の片隅をよぎったが、すぐに考えを改める。なかなか面白いゲームではあるけれど、初歩的なものだし、前回失敗したせいで血に飢えているVIPを満足させられるとは思えない。

VIPたちは参加者が疑心暗鬼になったり、恐慌したり、無残に死んだり、裏切り裏切られたりするのを見たがっている。そういう中で大金を賭け、先の読めないゲームを観戦したいと熱望している。

そんな彼らが心の底から楽しめるゲーム——。

ゲームマスターはふさわしいゲームを見つけた。

＊

「おはよ」

逢真が控室の床で目を覚ますと、見慣れたギャルの顔が視界に飛び込んできた。

「ずいぶんぐっすり寝てたね？　薬効きすぎるタイプ？」

「ちょっと寝不足だったんだよ」

七菜香《ななか》の問いに逢真は答える。

《幻惑《ダズリング》》が効いているから、七菜香には逢真が本多俊一《ほんだしゅんいち》に見えているはずだ。気さくな感じで話しかけてきてはいるが、逢真に話すときよりは距離を感じる。初対面の相手なのだから当然だろう。

「私は沖島《おきしま》七菜香。君は？」

「本多俊一だ」

「よろしく、本多くん！」

本多は大学生なので見た目からして七菜香より年上だが、七菜香は物おじせずタメ口で話していた。

ブブ……とスピーカーがかすかな音を立てたので逢真と七菜香は会話をやめる。スピーカーにスイッチが入る音だ。

《参加者の皆様、お揃《そろ》いのようですねー。どうも初めましてー、今回のゲームマスターで～す》

黒装束に白面の人物がディスプレイに表示され、加工されて男性なのか女性なのかわからなくなった声がスピーカーから流れる。

ゲームマスターが前回のゲームと同じ通り一遍の説明をし、参加者たちが獲得可能金額に沸くなど、一連のオリエンテーションが済むと、逢真《おうま》たち参加者はスタッフに先導され部屋を出た。

連れていかれたのはドーム状の部屋だった。部屋の大きさはだいたい学校の体育館くらい。床は土のひび割れた大地を模していて、天井には雲の多い空の絵が描かれている。天気のあまりよくない荒野といった印象の部屋だった。壁には部屋内と同じような絵が描かれているので広い荒野に見えなくもない。

《この土地で一時間生き残ることができたらゲームクリアでーす。方法は問いません。とにかく生きていればＯＫ！》

なんだ、簡単じゃないか、といった声が漏れる。

「簡単なわけないんだよねぇ」

七菜香《ななか》の口調は緩かったが、顔は真剣そのものだった。デスゲーム経験者なのでそう簡単なゲームではないだろうとわかっている。

と、床に魔法陣が展開し、ゴスロリのスタッフ人形が一体出現した。

同じタイミングで、ゴゴゴ、と空から鈍い音が響く。

そして次の瞬間、

　ザン！


と天から青い稲妻がゴスロリ人形めがけて落ちてきた。

ゴスロリ人形の身体は衝撃ではねとび、床に転がった。その体は丸焦げになっており、ビリビリと電流がはい回っている。

しんと、部屋は静まり返った。

《ご覧いただいたように、この部屋にはときどき落雷があります。落雷が起こる頻度は完全にランダム。狙いもランダムです。当たったらだいたいの人は死んでしまうでしょうがかすったくらいなら大丈夫かなーと》

ゲームマスターの声は心なしか楽しそうだ。

《ゲーム名は名づけて〝ゼウスの怒り〟。神の怒りを買わないように頑張ってくださいね～！》

ゼウス。この世界《テラ》の神で強力な雷を武器として持っている。異世界出身《ドムスパトリア》の運営のくせにきちんとこちらの世界《テラ》の文化も勉強している。興行を盛り上げるための工夫だと思われる。

それはさておき。

参加者は恐慌状態に陥っていた。今回の参加者のほとんどは今初めて、このゲームがデスゲームだと知ったのだから無理もない。

《ちなみに～、十分おきにフィールドが削れて狭くなっていくので注意してくださいね～！　だんだん逃げ場はなくなっていきます》

そして絶望に絶望を足すようなゲームマスターの発言に参加者たちは震えあがる。今にも泣きだしそうな参加者すらいた。半分くらいの人はこのゲームに参加したことを後悔し始めているように見えた。

《あ、そうそう、言い忘れましたが、最後の、、、一人だけ生き残った場合もゲ、、、ームクリア、、、となります》

参加者たちの空気が少し変化する。数名は思案げな顔に変わった。おそらく生き残る方法を考える顔である。

なるほど、と逢真《おうま》は思う。

このゲームは一時間生き残ればいいので、理論上、全員クリアが可能だ。しかしこの猛攻を一時間耐えるのはかなりキツい。ゲームの内容を聞いた瞬間、ほとんどの参加者が恐慌状態に陥ったのは生き残れる気がしなかったからに違いない。

だが、最後の一人になった場合もクリアなのであれば話が変わってくる。このゲームの勝利条件は一時間耐えきるというものから最後の一人になるに変化する。自分以外全員が死ねばクリアなのだ。

《賞金は生き残った人で山分けです。一人だけ生存の場合は総取り！　夢が広がります

ねー!!》

全員で協力すれば全員クリアできるという意味で最大利益になるが、個々人にとっては他のみんなが死ねば最大利益になるというジレンマ的な状況になっている。

隣のプレイヤーは協力的かそれとも自分を蹴落とそうとしているのか……すぐに疑心暗鬼に陥るタイプのゲームと言えた。

もう参加者たちは恐慌状態ではなかった。どす黒い欲望がフィールドを満たしている。

「興行全体の名前は〝憎しみをはぐくむ者《ヘイトブリーダー》〟……言い得て妙だな」

逢真はひとりつぶやく。

言葉上は感心しているが、表情には怒りが見えた。

本来であれば平和に暮らしていたであろう人々――そんな彼らが憎しみ合うように仕向けたデスゲーム運営に対して逢真は静かに怒りを燃やした。

2

《さあ皆様。賭け《ベット》タイムです》

ゲームマスターがディスプレイの中で言うと、VIPたちはガヤガヤと参加者たちの品定めを始めた。

十名の参加者にはそれぞれ番号が振られており、誰が生きる／死ぬのかを賭けることになっている。

「誰の生存にかけるか……」

「私は断然一番だな。最初は怯《おび》えていたが、最後の一人になったらクリアだというルールを聞いた瞬間、目の色が変わった。ああいうタイプは他人を蹴落として生き残る」

ゲーム前の参加者たちの様子からどのように賭けるかを考え、皆で盛り上がる。

「俺は七番の生存に賭ける。運動能力が重要なゲームだから大学生くらいの男性はおそらく強い」

七番は本多俊一《ほんだしゆんいち》という大学生だ。

「――っておいおい、みんな彼の生存に賭けているのか？　これじゃあ勝っても全然儲《もう》からないな」

「では私はあえて七番の死亡に賭けようか」

「お、チャレンジャーだな」

「スリルのある賭けをするのが楽しいんじゃないか」

ゲームマスターはほくそ笑む。賭けタイム《ベット》が盛り上がっているのは幸先がいい。この様子であれば興行は成功しそうだ。ゲームマスターは一安心する。

＊

「怖いなー。どう動くのが正解だろ」

独り言とも逢真《おうま》に話しかけたとも取れそうな声で七菜香《ななか》が言った。

「一時間生き残れればオッケー……でも雷に狙われて逃げられるのかな………」

七菜香は不安そうにしていたが、ゲームの序盤はそこまで心配しなくても大丈夫だろうと逢真は思っていた。いきなり正確にプレイヤーを狙っていったら、すぐに全滅してゲームが即終了してしまう。

とはいえ完全にランダムに落としていたら全然人が死ななくて観客たちは面白みを感じないだろう。

おそらく原則はランダムに雷を落とし、状況を見て、ときどきプレイヤーに狙いを定める、あるいは雷の数がどんどん多くなっていく……そんなところだろうと思った。

逢真は思案する。

生き残るだけなら逢真は簡単だ。あの雷を受けたところで再生すればいいだけの話。だから問題は七菜香を含めた他の参加者の生存。ただそれも難しくはない。《反魔法《カウンターマジック》》の障壁を天井に張り巡らせてすべての雷を無効化してしまえば事足りる。晴れて一時間全員生存となり、ゲームクリアだ。

だがゲームをクリアするだけでは正直、物足りない。またあからさまに雷を無効化してしまうと運営がいぶかしがってゲームを途中で終了してしまうかもしれない。

情報収集のために来たのだから、ゲームをクリアしつつ、デスゲームの調査も進める時間も稼ぎたい。

そのためには……。

「作戦が決まった」

「お！　本多《ほんだ》くんはどんな感じで行くの？」

七菜香《ななか》は興味津々、といった感じで訊《き》いてくる。

「とりあえず、雷が落ち始めたら、どこに落ちるかをしっかり見て覚えておくんだ。ゲームが進む中で他のプレイヤーにもこのことをそれとなく伝えてくれ」

「？　どういうこと？」

「ゲームが進めばわかる。これ以上は言えない。ゲームマスターやＶＩＰに俺たちの言動はモニターされているからな。ともかく言われた通りにしてくれれば死ぬことはないはずだ」

「……」

「信じられないか？」

「さすがにね～。私のことハメようとしてるのかもしれないし」

逢真《おうま》であることを明かしていない以上、疑われるのも当然だった。

「ま、参考にはさせてもらうよ」

七菜香は微笑《ほほえ》んだ。

——問題ない。想定通り。今は信じてもらえなくても、作戦の内容だけ頭に入れておいてもらえれば充分だ。

逢真は一人頷《うなず》いた。

逢真が動けば、否応《いやおう》なしに作戦通りに動きたくなるような状況ができあがるのだから。

＊

ゲームマスターは画面の前でゲーム会場とＶＩＰルームをモニターしていた。

ゲーム開始直後、参加者たちはそれぞれから距離を取り会場中に散らばった。落雷が他の参加者を狙った際にとばっちりを避けるため、そして自分が狙われた際に回避するスペースを確保するため、自然と互いに離れた位置を取ったのだろう。

「おお賢い賢い」

「今のところ誰かの足を引っ張る選択をした者はいないか」

その様子を見てＶＩＰたちが楽しげに会話する。

他の参加者を積極的に殺すためには遠距離武器がない以上近づく必要がある。今のところ参加者たちにその様子はない。

「まあ最初はだいたいそうなんだよ。実際、誰かの近くにいると逃げ場がなくなるから、それを怖がる者も多い」

ＶＩＰの一人が訳知り顔で解説する。

やがてゴゴゴ、と天井から唸《うな》りのような音が鳴り始める。落雷が近いことが示され、参加者たちに緊張が走る。

そしてフィールド上に雷が次々と落ちだした。

「きゃああ!!」

「うわあああ!!」

参加者たちが逃げ惑う。

「いいぞ！　ショータイムだ!!」

ＶＩＰたちは喜び興奮して大騒ぎだ。

雷は完全にランダムな位置に落ちていた。だからこそ予想がつかず、参加者たちは逃げてはいるものの、回避するのは絶望的に見えた。

そして今、一人の参加者――本多俊一《ほんだしゅんいち》の上に落雷が落ちた。

派手な音とともに本多の体が爆散する。

頭、胴体、両腕両足が血しぶきを上げながら飛び散る。

参加者たちは悲鳴を上げた。自分たちの未来を本多に見て恐慌状態に陥っているようだ。

ＶＩＰルームではドッと歓声が沸き起こった。

「凄《すさ》まじい威力だ!!　素晴らしい!!」

「この調子でドンドン死んでいけ!!」

ＶＩＰたちはモニターに釘《くぎ》づけだった。

「このゲームの本番は、一人死んだところからなんだ」

ＶＩＰの一人が口の中で高い酒を転がしながら言う。

「ゲーム開始直後だと参加者はきちんと落雷を避けて普通にゲームをクリアしようとする。一般人だからな。杓子定規《しゃくしじょうぎ》にゲームのルールを受け取り生存を目指すわけだ。しかし目の前で人が死ぬと悟る。自分もすぐこうなる、と。そして焦り出した参加者は……積極的な行動に出る！」

会場では参加者の一人——二十代後半くらいの男が、女子高校生——沖島七菜香《おきしまななか》に背後から近づいていた。

同じタイミングで、七菜香の頭上で空がゴロゴロと鳴る。

ピカッと空が光った、そのとき、

「おら！」

男が七菜香《ななか》の背中を押した。

「きゃっ」

七菜香はバランスを崩し、そのせいで落ちてくる稲妻を避けられなかった。

「い、いや!!」

とっさに目を閉じる七菜香。

また一人死ぬとわかり、ＶＩＰたちが声をあげる。

ドンという音とともに稲妻が地上に向かって走る。

しかし、雷が落ちた場所に血塗られた死体は存在しない。

「あ、あれ……？」

七菜香がしりもちをついて呆《ほう》けた声をあげているだけだった。

「大丈夫、だったのかな……？」

そんな七菜香の右手を誰かの左手が掴《つか》んでいた。

その左手が引っ張ってくれたおかげで七菜香は助かったようだった。

「あ、ありがと――ひっ！」

七菜香はお礼を言う途中で息を呑《の》み、手をひっこめた。

ボトリ、と地面に手が落ちる。

七菜香を掴んでいた手は左腕の肘から下しかなかった。先ほど爆散した本多《ほんだ》の腕だ。

その腕が単独で勝手に動いて七菜香を助けたようだった。

「おい、なんだあの腕は!!」

「七番のガキは死んだはずじゃないのか！」

「誰かが魔法で動かしたのか⁉」

「くそっ、せっかくギャルの爆死が拝めると思ったのに!!」

ＶＩＰからブーイングの嵐が巻き起こる。

ゲームマスターは唖然《あぜん》として声も出ない。

しかも動いているのは左腕だけではなかった。

左足も右足も右腕も動き回っている。胴体と頭は転がったままだが、頭のほうは目を開き、意志の強そうな視線を空に向けている。

血だまりがうごめいた。

ずるずると血だまりが胴体のほうへと吸い込まれ、それに引きずられて頭、両足、両腕が一緒に胴体に向かって移動していき、そしてくっついた。

「再生した⁉」

「な、なんなんだよあいつは……⁉」

普段なら痛々しいものを嬉々《きき》として見るＶＩＰたちが、あまりのおぞましさに気持ち悪そうに顔をしかめた。

ゲームマスターに気持ち悪がっている余裕はなかった。

(あ、あいつは…………まさか…………白波逢真《しらなみおうま》!?)

明らかに外見は違う。けれどそんなもの魔法でどうにかなる。あの驚異的な再生能力を持つ存在が、逢真のほかにいるとは思えない……。

いや、そんなことはこの際、どうでもいい。問題は、どうやってゲームを成立させるかだ。このままではゲームがまた壊されてしまう。

(で、でもどうしたらいいの? 殺しても死なないような奴《やつ》がデスゲームにいたら、それはもうデスゲームにならないでしょ!!)

焦りばかりが募り、対策がまったく思い浮かばない。

「おい、ゲームマスター! 何をぼさっとしている! 七番は無視だ! ほかの参加者を狙え!!」

VIPからディスプレイ越しに檄《げき》が飛ぶ。

(そうだ。このゲームは別に一人が生きていたところで大して問題にはならない。よし、とにかくあの不死身男は無視だ)

ゲームマスターは端末を操作し、落雷の位置を調整する。今まで無作為《ランダム》モードだったのを狙い撃ち《ターゲット》モードに変更。ランダムに参加者を狙い撃ちするようにした。ただし本多俊《ほんだしゅん》一《いち》だけは除外する。

設定完了。

ゴゴゴゴ、と空が鳴り、びりびりと点滅する。

その下で、十代の少女が三十代半ばくらいの男を羽交い締めにした。

「いいぞ！　自爆覚悟で一人落とす作戦だな!!」

「積極的に敵を減らしていく気概！　魅《み》せるねぇ!!」

ＶＩＰたちからは称賛の声。

男はもがくが少女の力は女性とは思えないくらい強いようで、抜け出せない。追い詰められた状況で百二十パーセントの力が出ているのかもしれない。

男のほうも負けていなかった。体を丸め、かがむような体勢になる。

「おお、いい判断だ！」

「どういうことだ？」

喜ぶＶＩＰといまいちピンと来ていないＶＩＰ、半々くらいだった。

「わからないのか。雷が落ちるまでに抜けられないと考え、女を盾にしようとしているんだ」

ＶＩＰが説明している先で、男の意図に気づいた女がじたばたともがき始める。しかし女の足は既に浮いてしまっているため逃れられない。

「ふふふ、女め、焦ってるな」

「もう絶望的だなぁ」

「だがあの雷の威力だ。あんな小娘が盾として機能するか？」

「一人で死ぬよりは道連れにしたほうがスカッとするんだろう」

いいぞ、とゲームマスターは思う。また盛り上がってきた。

ＶＩＰたちがグロテスクな末路を待望するなか、ひときわ大きく、二人の頭上が光った。

真っ逆さまに落雷。

雷撃が弾《はじ》けた。

「「おおおおお!!」」

ドッと歓声が沸き起こる。

「きゃあああああ!!」

「うわあああああ!!」

その歓声に男女の悲鳴が重なる。

ゲームマスターは違和感を覚えた。二人の悲鳴はあまりにしっかりした悲鳴だった。

雷撃で死ぬ人間が、あんな声、出せるだろうか……？

その答えは、煙が晴れると判明した。

男女は生きていた。落雷が外れたらしい。

「なにいいいい!!」

ＶＩＰたちから一斉にブーイングが飛ぶ。

「運のいい奴《やつ》らめ！　おいゲームマスター！　早く次の落雷を撃つんだ！」

「運よく生き残ったんだ！　もう生き残る必要はないだろう！　二人まとめてぶち殺せ!!」

《は、はい!!》

端末を操作して落雷を起こす。

今度はマニュアルで二人にロックオンした。

ズドン!!　と派手な音がして雷が落ちる。

だが雷は二人の横に逸《そ》れて落ちた。先ほどと同じ場所だった。

《……!?》

ゲームマスターは雷が空中で折れ曲がるようにして逸れたのを見た。

「なぜだ！　なぜ当たらない!!　ってうぎゃあああ！！」

ＶＩＰの一人が悲鳴を上げた。

「ど、どうした!?」

「ひっ……か、からだが、しびれて………」

「しびれた？　どういう……ぎゃああああああ!!」

ＶＩＰたちが次々悲鳴を上げだした。

どうやらフィールドに落ちた雷撃の一部がＶＩＰたちにリンクしてダメージを与えているらしい。ゲームマスターは大慌てで端末を操作してゴスロリ人形たちに指示を出し、ＶＩＰルーム内を魔法を妨害する魔力で満たした。これである程度はダメージを抑えられるだろう。

（あ、安全な場所では楽しませないってこと……？　致命傷を与えられたわけじゃないからこのくらいで防げるとは思うけど……）

ＶＩＰたちは悲鳴を上げなくなったので、どうにか雷撃は防げているようだ。

ゲームマスターとしてはこれ以上ＶＩＰの機嫌を損ねたくないので心臓が縮こまる思いだった。

とにかく状況を把握し対策を立てないと……と思い、ゲームマスターは端末を操作しながら、フィールド全体を見渡した。

誰一人死んでいない。逃げ惑う参加者たちは明らかに危なっかしいが、スレスレのところで雷を免れている。

おかしい。ランダムなのはターゲットだけで、ターゲティングが済めば確実に一人ずつ仕留められる設定のはずなのに……。

「おい、落雷の位置、決まってるんじゃないか？」

参加者の一人が口を開く。

焦げた地面はおよそ二十カ所。すべての雷がこれらの決まった箇所に落ちるばかりで、もう数分は経《た》っている。

参加者たちは焦げた地面から距離を取り立ち止まった。

（ど、どういうこと⁉）

誰かが何か魔法を使ったのだと思うが、何を使ったのかゲームマスターにはわからない。

避雷針という単語が頭に浮かぶ。雷を逃がすための装置。だがそんな魔法、運営からもらった魔法のリストには載っていなかった。

とはいえどういう魔法なのかは不明でも落雷がまったく機能しなくなったのは事実だ。

画面の中の本多《ほんだ》と目が合う。

本多は正確に監視カメラの位置を把握しているのか、立ち止まりじっとこちらを見ていた。

ゲームマスターは確信した。

こっちに来る……！

まずい、早く逃げなければ……！

興行は失敗だ。失敗を重ねるのは怖いが不死身男に捕まるほうがもっと怖い。

「いったい何者なんだ、あいつは⁉　どうして、こんな……！」

マイクをオフにした状態でゲームマスターはつぶやく。

「何者……ただの男子高校生だ。以前いた世界では魔王と呼ばれていたがな」

「!?」

背後で声がしてゲームマスターは椅子から立ち上がって振り返った。

本多俊一《ほんだしゅんいち》が立っていた。

だが本多俊一は高校生ではなく大学生のはずだ。

その疑問はすぐに解決された。

本多俊一の姿がうっすらとかすんでいき、代わりに白波逢真《しらなみおうま》の姿が形作られていったからだ。

逢真がかけていた《幻惑《ダズリング》》の魔法を自ら解いたのだった。

「や、やっぱり君だったんだ」

最悪の予想が的中してしまった。ブラックリストに入れておいたのに潜り込んでくるなんて……。

「っていうか、さっきまで会場にいたのに、どうやってここに来たの!?」

逢真が一歩近づいてくる。

「ここの機材をハッキングさせてもらった。おまえが見ていたのは十分前の映像だ。今回のゲームは絵面が変わりづらいからな。録画した映像を十分ほど流して繋《つな》げ、そして十分前の映像を常時流すように遠隔で操作させてもらった」

「は、ハッキング⁉　どうやって⁉　ネットワークに繋がる端末はすべて没収しているはず……」

「魔法を使っただけだ」

「はあ⁉　魔法で機械を操った⁉　そ、そんなことができるの……⁉」

「おまえたちはできないのか？　ふむ。まだこの世界に来て日が浅い、か……」

「日が浅いとかそういう問題じゃなくて……」

「転生してから、魔法もいろいろ研究した。この世界に存在する科学文明の産物に魔法をかける方法を考えるのはなかなか面白かった。おまえたちはそれをしていないのか？」

わからない。そういう発想を持った者もいたかもしれないが、思うことと実際に実行できることは違う。本来魔法は自然現象を魔力で操るものだ。それを機械に対して行うなんて……しかもシステムに介入するレベルで行うなんて。そういうことは難しいと運営が言っていた。

ゲームマスターが日ごろ共に仕事をしている者とはレベルが違いすぎる……！

魔王ジェント――現在の名前は白波逢真。

とんでもない存在を敵に回してしまった。

頭の中が真っ白になる。

終わりだ。どうしたらいい。ここで自爆でもすれば許してもらえる？　そんなことをしたって結局こいつには絶対勝てるわけないし――

「もう戦わなくていい。俺に全部任せてくれ。友達だろう、七菜香？」

逢真《おうま》はゲームマスターにまた一歩近づき、優しく言った。

3

「――ッ⁉　な……んで？」

ゲームマスター――沖島七菜香《おきしまななか》は驚愕《きょうがく》した。

逢真は気づいていたのだ。ゲームマスターが七菜香だということに。いつ？　どのタイミングで？　バレるような真似《まね》はしてないはずなのに……⁉

「一番最初に違和感を覚えたのは……前回のゲーム。七菜香に会ったときに魔力の流れを感じた」

あのとき感じた〝懐かしさ〟――それは魔力に触れたからだが、その源となっていたのは目の前にいた七菜香だった。

「普通の人間から魔力を感じること自体は不思議じゃない。ただ君の動きは人間にしてはわずかにぎこちなかった。すぐにクラスメイトそっくりの魔導人形《マギカドール》だと気づいた」

「ええ⁉　あの段階でわかっちゃったの⁉」

「七菜香の立ち居振る舞いをほぼ完璧にコピーしていたから、普通の人間だったら七菜香だと信じて疑わなかっただろう。だが俺は長年魔法やら魔道具《アーティファクト》やらにどっぷり漬かっていたからな。簡単には騙《だま》されない」

逢真は静かに説明する。

「あのゲームで会う前――クラスで見ていた七菜香は間違いなく人間だった。そして次の日に会った君もやはり人間。しかも君は金が必要でデスゲームに参加していると言っていた。そこで考えたんだ。金のためにゲームマスターをしているのではないか、と。運営スタッフはすべてゴスロリの人形――魔導人形《マギカドール》だったからな。ＶＩＰとして参加して賭けで勝つ……という方向も考えたが、前回のゲームで捕まえたＶＩＰたちの中に七菜香はいなかった。一人だけ逃げた様子もなかった」

七菜香は相槌《あいづち》を打つのも忘れて聞き入っていた。

「魔導人形《マギカドール》を見た目そっくりにしても、口調から仕草まで完璧に本人に似せるのは難しい。だが本人が操作しているのであれば難易度は格段に下がる。だから七菜香本人はゲームマスターをしている、と推測した。まあすべて状況証拠で確証はなかったから、結局カマをかけたにすぎないが」

明晰《めいせき》な頭脳に裏打ちされた整然とした推理。

すべてにおいて七菜香には勝ち目がなかった。

七菜香《ななか》は観念してフードと仮面を外した。

「あーあ。ついてない。こんな強いなんて反則だよ。勝てるわけないじゃん」

「君はまだ負けてないさ。俺は君の敵じゃない」

「だって……」

興行はもう失敗だ。仮に逢真《おうま》が七菜香をどうにかしないのだとしても運営が七菜香を放っておかない。放っておいてくれたとしたって借金を返すあてがないからもう七菜香は落ちるところまで落ちるしかない。どう転んだって八方ふさがりだ。

「七菜香、一つだけ確認したい。君が開いたデスゲームで死者が出たことはあるか？」

七菜香は首を横に振った。

実は七菜香がゲームマスターをしたのは前回が初めてだった。前回も今回も逢真のおかげで死者はゼロだ。

「よかった。だったらまだ間に合う。諦める必要はない。言っただろう？　君を勝たせると」

「いったいどうやって……」

「七菜香の勝利条件を確認しよう。七菜香は借金が返せて、そしてデスゲーム〝ヘイトブリーダー〟の運営から解放されれば〝勝ち〟だよな？」

「うん……」

「なら大丈夫だ。俺に任せてくれ。とりあえず今回のゲームは全員勝利で終了にするんだ。俺は会場に戻るから」

「――わかった」

とりあえず逢真が会場に戻るなら、皆にゲームをクリアされただけという雰囲気を出して乗り切ればいい、ということだろうか。

逢真、いったいどうやって私を勝たせてくれるの？

4

「おいおいおいおい、何なんだあのゲームは!!」

「子どもの遊びを見に来てんじゃねぇんだ!!」

ＶＩＰルームにゲームマスターが入った瞬間、数人のＶＩＰたちが詰め寄ってきた。

全員クリアという結果に対するＶＩＰたちの不満はやはり大きかった。

賭けとしては生存者をあてるゲームだったので収支がプラスになった者もいた。けれど彼らは金のことなど眼中にない。欲しいのは経験。金に困って集まった人間たちが繰り広げる阿鼻叫喚《あびきょうかん》だった。

会場で参加者たちがただじっとしているだけでゲームが終了するところなど見たいはず

などなかった。

「貴様の素性を調べて死ぬよりも恐ろしい目に遭わせることだってできるんだぞ」

そう脅す者もいた。七菜香《ななか》は背筋が凍る思いがした。それだけ権力者の凄《すご》みは恐ろしかった。人を脅すことに慣れた者の言動だ。

「落ち着いてください、皆様」

と、部屋の奥で穏やかな声が聞こえた。

部屋にいた全員がそちらを向いた。

いつの間にか黒装束の人物が部屋の隅に立っていた。仮面をかぶった男女不詳の黒衣で七菜香《ゲームマスター》とほとんど同じ外見をしている。唯一違うのは仮面の色で、七菜香のものは白だが部屋の隅に出現した者の色は赤だった。

七菜香が単なるゲームマスターなのに対し、この人物はこの興行のオーナー……運営組織の者だった。

「この度の粗相、大変申し訳ありませんでした」

赤面の人物は深々と頭を下げた。

「お詫《わ》びの印として、ささやかな宴を用意しております」

赤面が右手を掲げると、七菜香の体がふわりと宙に浮いた。

直後、両足に激痛が走った。

「いやっ！」

痛みに身もだえをしながら、七菜香は部屋の真ん中に放り出される。なすすべもなく床に転がった。足に力が入らなかった。魔力で両足の腱《けん》を切られていて立ち上がることができないのだ。

声を上げようとすると、喉が詰まって声が出なくなった。これも魔法の効果だろうか。

「こちら、ご存じ今回のゲームマスターです。不束《ふつつか》なゲームマスターは粛清する必要がありますが、その方法を皆様の投票で決定しようと思います」

赤面がパチンと指を鳴らすと、モニターに処刑方法の数々が映し出された。

火あぶり、鋼鉄の処女《アイアンメイデン》、首つり、ギロチン……

「いいねえ」

「どれがいいか……」

舌なめずりしながらＶＩＰたちは処刑方法を吟味する。

「ちなみにゲームマスターですが……このようなものです」

赤面は七菜香の前まで来て、仮面とフードを取った。

美しい髪と可憐《かれん》に整った顔が露《あらわ》になる。

「「「おおおおおおお!!」」」

湧きあがる歓声。

「これは若くて可愛《かわい》らしい！」

「美少女の悲鳴が俺は大好物なんだ！」

「殺すのが惜しいくらいですねぇ」

興奮した様子で七菜香《ななか》を嘗《な》め回《まわ》すように見つめるＶＩＰたち。

すべてをエンターテインメントにしてしまう運営。息をするように行われる残酷な所業。

七菜香はただ床に這《は》いつくばって震えていることしかできない。

やがて投票の結果が出る。

「では厳正な投票の結果、粛清方法は〝火あぶり〟となりました。長く焼き、最大限の苦痛を味わってもらいましょう」

十字架が天井から降りてきた。

七菜香の両手と両足が魔法の触手に縛られ、十字架のところまで体を引き上げられ、そして磔《はりつけ》にされる。

――嫌だ。死にたくない。痛いのはもっと嫌。

そんな風に思いながらも、自業自得かもしれないと思う自分もいた。

たとえ親が返せないほどの借金を作ったからと言って、やっぱり誰かを犠牲にしてお金を稼ごうなんて……自分だけが助かろうなんて思うのは間違いだったんだ。

罪は償わなきゃいけない。

全員を勝利にして終われと逢真《おうま》が言ったのは、手を汚さずに終わらせる方法を教えてくれたってことなのだろう。今ならまだ引き返せる。誰も殺さず自分が死ぬだけで終われる。

「冥界の炎よ……我の下に集い…………」

赤面が呪文を唱える。長い詠唱だった。それが意味するところを現世の人間で魔法に詳しくない七菜香は知らなかった。

通常の術式の場合、詠唱の長さと魔法の威力は比例する。赤面は七菜香に強い苦痛を与えるために、温度の高い炎を作り出そうとしているのだが……七菜香は知る由もない。

呪文に合わせて炎が宙に生成され、生きた蛇のようにうねり出す。そして七菜香の体をゆっくりと這いまわる。

七菜香の顔が恐怖に歪《ゆが》む。

まだ痛みは出ていない。だが体中に蛇が発する熱を感じる。これらが触れたらいったいどれほどの痛みが走るか……想像するだけで体が震えてしまう。

嫌だ、嫌だ……。

やがて蛇が七菜香の顔まですべて覆った。目の前が赤い炎で満たされる。

「さあ、ショーの始まりです」

一斉に蛇が七菜香を締め上げた。

「いやあああああああああああ!!」

＊

「七菜香《ななか》！」

「いやあああ！」

「落ち着くんだ！　七菜香！」

「いや……え？」

気づくと、七菜香の周りには炎の蛇もいなければ、赤面やＶＩＰたちの姿もなかった。いるのは逢真《おうま》だけ。

場所はどこかの公園のベンチの上だった。

七菜香は逢真に抱きかかえられていた。かーっと顔が熱くなる。

「え？　え？　どういうこと……？　私……」

「磔《はりつけ》にされて火あぶりにされていたじゃないか、と？」

「う、うん」

「直前で魔導人形《マギカドール》と入れ替えた。さっきゲーマス部屋で会ったときに、七菜香に《入れ替え《リプレイス》》の術式を刻んだ」

「り……？　何？」

「簡単に言うと、七菜香《ななか》の命に危険が及ぶと、魔導人形《マギカドール》と入れ替わるように魔法をかけたんだ。魔導人形《マギカドール》は俺が細工して、見た者はそれを本物の人間だと錯覚するようにしてある。だから運営やVIPたちは、七菜香が死んだと思っているはずだ」

言いながら逢真《おうま》は七菜香を自分の隣に座らせた。

「というわけで、七菜香。しばらくの間、死人として生活してもらう。運営に君が生きているのがバレると面倒だからな。俺が匿《かくま》うから隠れていてくれ。悪いが学校にもいけない。もちろんずっとってわけじゃない。この件が解決したら元通りの生活ができるようにするから」

「う、うん、わかった」

百パーセント理解できているか不安だったが（特に魔法の部分）、七菜香は頷《うなず》いた。ともかく、七菜香は死んだことになっているわけだから、見つからないようにしなきゃいけないのはわかった。

七菜香は逢真を信頼することにした。逢真の言ったとおり、全員勝利の形にしたら、デスゲームから解放されたのだから。

デスゲームをやらなくて済むとわかり、重大なことを思い出す。

「あ！　でも借金はどうなるんだろう……。私が死んじゃったらパパとママ、返せないし……」

そもそも七菜香がデスゲームのマスターをやっていたのは借金を返すためだ。生き残れたのはいいけれど借金を返せないのでは振り出しに戻ってしまう。

「心配しなくていい。近々、七菜香の両親に会いにいって指示を出すつもりだ。一回、直《じか》に会ってみたかったからな」

逢真はその点についてもきちんと考えているらしい。本当に頼もしい人だなと七菜香は心中で密《ひそ》かに感動する。

「ただ、今日はもう遅いから隠れ家に行こう」

5

学校近くの賃貸マンション——大渕友梨《おおぶちゆり》はそこで一人、暮らしている。通学時間が五分程度で、部活動もやっていないので生活にはかなり余裕があるが、空いた時間があれば予習復習や宿題などをすぐにこなし、暇な時間ができるよう努めている。

（時間はすべてジェント様のために使うべきだから！）

その日も早々に風呂に入り、寝間着を着ていつでも寝られる状態になりつつ、いつ呼び出しがあっても大丈夫なように待機していた。

と、大渕友梨は魔力の波動を感じた。

（ジェント様がいらっしゃった！）

友梨《ゆり》がパチンと指を鳴らすと、無造作に広がっていた髪には櫛《くし》が入り、寝間着は私服（気合を入れすぎず、かといって緩すぎない絶妙なレベルのもの、デートに最適）に変化した。顔にはナチュラルメイクが施されている。友梨はいつ何時、逢真《ジェント》が現れても無礼な姿を見せないよう、外装に関して五十パターンの術式を用意している。

姿見の前に立ち最終確認してから、インターフォンの前に立つ。直後、ピンポーンとインターフォンが来客を知らせてきた。ディスプレイには想定通り逢真《おうま》の顔。

《友梨、俺だ。遅い時間に悪い》

「いえいえお気になさらず、ジェント様でしたらいつでも大歓迎です！　いま開けるので少々お待ちください」

タタタッと玄関まで行き、鍵を外して扉を開けると、逢真が立っている。そして、

「悪いな。泊めてほしいんだ」

と言った。

「――ッ!!　ジェント様、つ、つ、ついに私のうちに泊まってくださるのですね!!」

友梨はこの日を今か今かと待っていた。

同じ学校に入学した際、学校からかなり近い部屋を友梨は借りた。たしかに逢真の実家

は学校から徒歩圏内だが、友梨の家のほうが近い。遅くなった日は泊まればいいし、なんならここから毎日通ってくれれば家事炊事その他もろもろ誠心誠意お仕えしますと伝えていたが、逢真は、

「この世界では人間として暮らしているんだから、おまえに迷惑をかけるわけにはいかない」

　の一点張り。

　そういう部下想《おも》いなところも素敵〰〰！と思いつつ心の底では残念に思っていた。

　だが。

　ついに。

　お泊まり!!

「ジェント様にとってデスゲームなど小指をちょっと動かすよりも楽な作業でしょうけれど、慣れない作業でお疲れになったのかもしれませんね。はい、このリリー、ジェント様を全力でお癒やし申し上げます……！」

　と、前のめりにまくし立てたところ、

「ん？　いや、泊めてほしいのは俺じゃなくて、彼女だ」

　逢真はそう言って脇によけた。

「友梨ちゃん、こんばんは～♪」

ひょっこりと逢真《おうま》の後ろから顔を出したのは派手な外見をしたギャル――沖島七菜香《おきしまななか》だった。

友梨《ゆり》は誰の目から見てもわかるほど落胆した。

「ジェント様。泊めるとはそこのビッチギャルのことですか」

不覚。逢真の強大な魔力の陰に隠れていたせいで存在を認識できなかった。いやおそらく逢真が誰からも認識できないように七菜香の周りに結界を張っていたのだ。逢真に本気で隠されてはさすがの友梨でも突破は難しい。

「おい、ビッチとか言うな失礼だろ」

「そーだよー！　見た目はちょっと派手だけど、清純派だよ？」

逢真と七菜香に非難される。

「実際にビッチかどうかは関係ありません！　ここはジェント様を泊める家であって、ジェント様に付きまとう怪しい人間が入っていい場所ではないのです！」

「わ、悪い……」

逢真は本当に申し訳なさそうに言った。

「だが、彼女は死んだことになってる。それはおまえもわかっているだろう？」

「それは……まあ、そういう作戦でしたし」

友梨も七菜香の処遇をどうするかについては説明を受けていた。

「でもビッチギャルは別の場所に隠しておく予定だったはずですよね!?　どこかは伺ってませんが！」

「ああ、俺の部屋で匿《かくま》うつもりだった」

「!?!?!?!?　それは絶対ダメです!!　わ、わかりました。私の部屋をお貸ししましょう」

逢真とビッチが同じ部屋で寝起きするなど言語道断、その危険を冒すくらいなら……と思い、友梨は首を縦に振った。

「とりあえず上がってください」

友梨に促され、逢真と七菜香が部屋に上がってくる。

玄関に入って廊下を抜けるとリビングに繋《つな》がっている。

「ここがリビングです。ソファーがあるので沖島さんはこれで寝てください」

「りょーかい！」

七菜香は特に不満を言うわけでもなくソファーに座る。

ただ、逢真はいぶかしげな顔をする。

「友梨、もう一部屋、ちゃんとベッドのある部屋があるんじゃなかったか？　前に俺を泊めようとしたときに、用意してあると言ってたような……」

そう言いながら逢真は一つの扉を凝視している。

「そこはダメです！　ジェント様専用の部屋なんですから」

友梨《ゆり》は慌ててドアの前に行き、通せんぼする。

「俺専用の部屋……？」

「そうです。私はジェント様がいつでもお泊まりになれるように万全の準備をしていたのです」

「それは、ありがとう……だが、ソファーで寝かせるのは悪いし、使わせてやってくれないか？」

「でしたら沖島《おきしま》さんは私のベッドを使ってください。私がソファーで寝ます」

「え、それは悪いよ～」

「いいんです。客人を硬い寝床で寝かせるのは忍びないというジェント様の優しさを噛《か》みしめなさい」

ピシャリと真顔で言い放つ友梨。

「こう言い出したら友梨は梃子《てこ》でも動かないからな……言う通りにしてやってくれ」

逢真《おうま》は苦笑い気味に七菜香《ななか》に言った。

「う～ん、わかった。ありがと」

「いいですか。ジェント様の命だから泊めるのです。私としては貴女《あなた》のようなビッチがどうなろうと知ったことじゃないんですが、ジェント様が悲しむから協力するだけで……」

「わかったから。えーっと……」

「お風呂場はあちらです。湯船にお湯を溜《た》めてくるのでちょっと待っていてください」

「え？　悪いよ」

「ベッドを貸すんです。だったら徹底的にもてなしてやりますよ。中途半端は嫌いです」

友梨は七菜香の返事も聞かずに風呂場へと小走りに向かった。

「あ……行っちゃった。友梨ちゃんってちょっと近寄りづらいなーって思ってたけど、いい子なんだね」

「誤解されやすいタイプなのは間違いない。だがよく気がつくし思いやりもある」

「そだねー。なんか気を遣わせちゃったみたいで悪いなぁ」

「今は甘えておくんだ。それで友梨が何か困ったとき、助けてやってほしい」

「なんかお兄ちゃんみたいな言い方」

七菜香は思わず笑った。実際、逢真の友梨を見る目はとても温かく、友達を超えて親族のようにさえ見えた。

「まああいつとは長いからな。もうほとんど俺にとっては家族みたいなものだ。どっちが兄、姉かはわからないが」

「え？　逢真がお兄ちゃんじゃないの？　なんか友梨ちゃん、敬語喋《しゃべ》ってるし」

「向こうの世界《ドムスパトリア》では俺が魔王であいつが部下だったからな」

「ドムスパトリア……そっか、あっちにいた時代からの知り合いなんだ」

友梨《ゆり》の家に来るまでの道中で、逢真《おうま》と友梨がともに異世界《ドムスパトリア》からの転生者であるという話を七菜香《ななか》にはしてあった。七菜香も、すでにデスゲームの運営たちを見て魔法などに馴染《なじ》んでいたので、転生という話もそれほど違和感なく受け入れてくれた。

「ああ。だがこっちの世界では俺とあいつは対等だと思ってる。敬語も使わなくていいと言ってるんだが、直らなくて……」

「真面目な子なんだね～」

こうして七菜香は友梨の家で世話になることになった。

第5話　因縁

1

翌日、月曜の夜。

逢真は七菜香に電話をかけた。

「昨日も少し話したが、七菜香の両親に会わせてほしい」

単刀直入に要件に入った。

《そんなことも言ってたね。別にいいけど、なんで？》

「気になっていることがあるんだ。話をしたい。いきなりギャンブル中毒になった件について、ちょっと調べたいんだ」

《オッケー。でも会って話をするって言ってもどうするの？　正直、逢真が話しかけたところで取り合うとは思えないけど》

「俺を家に連れていってくれ。まず七菜香を見せる。七菜香はおそらく行方不明扱いになっているはずだから、突然現れたら驚き、説明を求めるはずだ。そこに俺が現れて事情を説明する」

《それって、彼氏と外泊して帰ってきたみたいでめちゃくちゃ印象悪くない!?》

「そうか？」
《うう、そんなピュアに返されると私が汚れてる感じがしてちょっと後ろめたい……。わかった。まあ私がいたほうが話はしやすいだろうから行くよ。でもどうやっていくの？私が外を出歩いてたらマズいんじゃない？》
《問題ありません。私が〝目くらまし《ブラインディング》〟の魔法をかけておきます》
友梨《ゆり》の声が七菜香《ななか》の横で聞こえた。
《ぶらいんでぃんぐ？》
七菜香が首をかしげる様子が目に浮かぶ。
《これをかけると沖島《おきしま》さんは私が許可した人以外からは見えなくなります。もちろん、私の術式を突破できるような者がいればその限りではないですが、それが可能な方はこの世に一人しかいらっしゃいません》
《一人はいるんだ？》
《もちろんです。ジェント様に不可能はないのですから》
今度は友梨が胸を張る様子が目に浮かんだ。
《友梨ちゃんって、本当に逢真《おうま》を尊敬してるんだね～》
《貴女《あなた》はもっとジェント様を敬うべきです！　呼び捨てにするなんて信じられない。ジェント様がお許しでなかったら八つ裂きにしているところですよ？》

《あはは、こわーい》

と、その日は会話が脱線していったが、ひとまず翌日の火曜に校門前で落ち合うことに決まった。友梨の家まで七菜香を迎えにいってもよかったが、学校からまっすぐ向かったほうが七菜香の家は近いようだったので、来てもらうことにしたのだった。

そして火曜日。

逢真は学校が終わると、学校の校門前で七菜香と落ち合った。

「わ、ホントだ。誰も私に気づいてない……！」

校門から出てくるクラスメイトの群れが七菜香を素通りしているのを見て七菜香が言った。

「あ、喋《しゃべ》ったらヤバい？」

「声も隠すように友梨が設定しているだろうから大丈夫だ」

「そっか……じゃあ、えいっ」

歩き出すと、七菜香が腕に絡みついてきた。

「!?」

「こ、こうやっとくと、逢真も見えなくなるのかなーって」

「それは、たぶん、そうだが……」

「そのほうがよくない？　逢真が私の家に来てたら怪しまれるかもだし」

七菜香《ななか》の意見はもっともだったのでそのまま歩くことにしたが、少々歩きにくかった。

家だ。

七菜香の家は学校から徒歩で行ける距離にあった。閑静な住宅街にある二階建ての一軒
「ちょっと待ってて」

家の前に着くと、七菜香は逢真《おうま》を玄関前に立たせて一人で家に入ろうとした。

「もしパパとママが家にいて、いきなり逢真を連れてったらビックリしちゃうかもだから」

「そんな驚くようなことか？」

「男の子連れてきたらビビるっしょ」

なるほど異性の友達を連れていくと驚かれるということか。

「あ、意外そうな顔してる。もしかして遊んでるように見えてる？　困っちゃうなー、彼
氏いたこともないのに」

「意外だな、可愛《かわい》いしモテそうなのに」

「な、か、可愛いって、もー！　ふざけてないで！　じゃあ行ってくるから！」

七菜香はちょっと顔を赤くして家の中に入っていった。

彼女が家に入った矢先のことだった。

「勝手に男連れ込もうとしてんじゃねぇ!!」

中から男の罵声が聞こえた。続いてガシャーンという何か物が吹っ飛ぶような音。

逢真は玄関の扉を開け、家の中に飛び込んだ。声と音のするほう――リビングへ駆けていく。

うずくまる七菜香。その彼女の背中に蹴りを入れる男。その後ろでは女が七菜香にがみがみ何かを言っている。男も女も顔が上気していて、部屋には酒の匂いが充満している。かなり酔っているようだ。

「止まれ！」

逢真は短く詠唱し、手のひらを二人の男女に向ける。魔法陣が二人の体に展開し、動きが止まった。

「大丈夫か、七菜香。悪い。まさか行方不明になっていた娘にいきなり暴力をふるうとは思わなくて」

何も言わずにいなくなったと怒る可能性はゼロではないと思っていたが、まさか心配もせず手をあげるとは思わなかった。

「う、うん、ありがと……。パパとママは？」

固まってしまった二人を見て心配げに七菜香は言う。

「安心しろ。動きを止めるだけの魔法だ。健康に影響はない」

「そ、そっか……逢真がそう言うなら、大丈夫、なのかな……？」

半信半疑、といった様子で両親のことを七菜香《ななか》は見つめる。

「安心してくれ、少し調べたらすぐに元に戻す。――やはり、術式が刻まれている」

逢真《おうま》は七菜香の両親の額に手をかざしつつ言う。

「？・？・？」

「魔法で操られているってことだ。七菜香も変だと言っていただろう。彼らが突然ギャンブル依存になるなんてと。そのからくりがこれだ」

そこまで言って、逢真は魔法陣を展開する。

「行くぞ」

すると一度両親の目の焦点が合わなくなった。その後すぐに焦点が合い、呆《ほう》けた顔になる。まるで今目を覚ましたというような雰囲気。

「あれ、僕はいったい……」「私は……」

そして直後、驚愕《きょうがく》の表情とともにうずくまる七菜香を見下ろし叫んだ。

「「七菜香!!」」

「パパ、ママ……？」

「七菜香……すまない。パパは、パパは………」

七菜香の上にくずおれるように父親は七菜香を抱きしめた。

「ごめんなさい七菜香、本当にごめんなさい」

そのそばで手と膝を床についてうなだれる母親。

逢真が術式を解除したことで二人は《洗脳《ブレインコントロール》》の魔法が解けた。解呪直後は呆けていたが、二人は洗脳されていたときの記憶が消えたわけではない。解呪のショックから回復し、自分の今までの行いを思い出したのだ。

「よかった、元のパパとママに戻ったんだね」

「ああ。どうして僕たちはあんなことを……」

「信じてもらえるかわかりませんが……二人は魔法でギャンブル依存にさせられていました。」

逢真は言った。

「私は信じるよ。逢真がいろいろやってきたところ見てるし」

七菜香が言う。

「僕も、信じさせてもらえるとありがたい。それで罪が消えるわけじゃないけれど、自分があんなことを……正気の状態でやっていたとはどうしても思えないんだ」

「私も。七菜香にあんなひどいことを言うなんて……」

「うん。私もパパとママがあんなひどいことをするとは思えない。きっと魔法のせいだよ」

「七菜香……ありがとう………」

父親と母親は涙ながらに頷《うなず》いた。

「でも、いったい何のためにこんなことしたんだろう」

七菜香《ななか》の問いに逢真《おうま》は答える。

「七菜香をデスゲームに参加させるためだろう。それもゲームマスターという重い仕事をさせるため。七菜香がデスゲームに参加せざるを得ないように、金銭的にも精神的にも追い詰めたんだ」

「仮にそうだとして、なんでわざわざ私を？　お金に困ってる人なんていくらでもいるのに、そんな面倒なことする必要あるかな？　しかも私はゲームマスター。誰かを殺せばいいだけで自分が死ぬわけじゃない。私は嫌だったけど、喜んでやる人もたくさんいると思うけど」

七菜香の意見はもっともだった。

だがそれに対して逢真は答えを持っていた。

「……これは推測だが、そう簡単にはデスゲームに参加しない者、ゲームマスターなどやりたくない者を参加者にしたかったんだと思う」

「嫌がる人に無理やりやらせたかった？」

「ああ」

「なぜなぜばっかで悪いんだけど、なんでだろう……？」

「一つだけ心当たりのある魔法がある。人の感情を魔力に変換させる魔法だ」

七菜香と両親が首をかしげる。あまりピンと来ていない様子だ。

「感情には実はかなりのエネルギーがあるんだ。目には見えないからわからないと思うが。普通に魔力を集めるよりも人の感情を変換したほうが圧倒的に効率よく魔力を集めることができる。その変換が難しいんだが……そこさえクリアすれば可能だ」

感情を魔力へと変換する魔法――《感情魔法《マギカエモーション》》。かなり難易度の高い大魔法だが、多人数で本気になれば不可能ではないだろう。

「ただ、強い感情の発露というのは限られた状況でしか起こらない。そこに偶然居合わせるというのも困難だ」

「だからデスゲームっていう状況を作って感情を集めてるってこと？」

「ああ。理解が早くて助かる。そして、ただデスゲームに参加するのではなく、葛藤を覚えながら参加したほうが感情の動きは大きくなる。そうすると得られる魔力も大きい。だから七菜香みたいな人をゲームマスターに据えたんだ」

「くっ……」

悔しそうに七菜香は歯噛《はが》みする。

親がギャンブル依存になり、借金まみれになり、大好きな読モの仕事もできなくなっていた。そして人殺しに加担させられそうになった。悔しくなるのも無理もない。

「次のゲームで運営に復讐《ふくしゅう》しよう。君の日常を俺が取り戻す」

逢真《おうま》は七菜香《ななか》の肩に手を置いた。

「逢真……」

「作戦会議をするぞ。お父さん、お母さん、ちょっとここ、借りてもいいですか？」

「もちろん」「何か飲み物を持ってくるわね」

父親と母親が部屋を出ていった。

「では書記は私にお任せくださいませ」

「わあ!?」

突然、霧とともに出現した友梨《ゆり》に大声をあげて七菜香は驚いた。

「い、いつの間に!?」

「最初からいました。ただ、ご両親奪還作戦に私は不要でしたので静かに消えていただけです」

「消えてた??」

真顔で説明する友梨と目を白黒させる七菜香。

逢真は苦笑いする。

「俺たちと作戦行動をするなら、こういうのには慣れてくれ」

「魔法が使える世界では常識ってこと？　慣れるの時間かかりそ～」

＊

「ったく、あのお人よし……！」

沖島《おきしま》家の屋根の上に人影があった。

通行人がたまにいたが彼らは誰一人その姿に気づいていない。彼女が気配を完全に消し切っているからである。そもそも視線を向けることもないが、仮に視線を向けたとしても彼女の姿は景色と同化し、人が屋根の上に座っているという違和感に気づけずに終わるだろう。

白波結愛《しらなみゆあ》である。

沖島家の中に使い魔のリスを忍び込ませて、こっそり逢真たちの会話を聞いていた。

七菜香がデスゲームのゲームマスターであることに驚きはなかった。創世旅団の連中はそのくらいのことはやると最初からわかっていた。

そういう意味では逢真のほうも想定内ではあったけれども……それでもため息をつかずにはいられなかった。

異世界《ドムスパトリア》での経験から何も学んでいないのかと思ってしまう。

（あなたはあれだけ自分を犠牲にしていたのに、私たち人間は……）

自分の不甲斐《ふがい》なさも含め悔しくなる。

同時に、彼らしいなという気持ちにもなったけれども。

「でも、そうか、沖島七菜香《おきしまななか》がゲームマスター……」

彼女は雇われゲームマスターであり、その後ろに運営という黒幕がいる。結愛《ゆあ》がたどり着きそして倒したいのは黒幕……創世旅団の連中だ。

どうやってそこまでたどり着いたらいいか考える必要がある。

いったん城下《しろした》に定期連絡しよう。

スマホでメッセージを作成する。沖島七菜香がデスゲームのゲームマスターだったこと、彼女の両親が《洗脳《ブレインコントロール》》をかけられていたこと、これらの情報を白波逢真《しらなみおうま》が手にしていること……。

結愛はメッセージを送信し、屋根を飛び石のように跳んで自宅へ向かった。

2

結愛が家に帰り部屋にこもっているとノックの音が聞こえた。

「……はい」

「俺だ。入っていいか？」

逢真の声だった。

話をしたくなかった。今話したらボロが出てしまうかもしれない。けれど部屋に入れないのも〝兄妹《きょうだい》〟としては不自然な気がする。

「いいよ」

結局結愛はＯＫした。

逢真が静かに部屋に入ってくる。家に帰ってきているのに制服のまま。ズボラなところは前の世界《ドムスパトリア》のころと変わらない。

「結愛……すまない」

突然の謝罪。

直後、逢真が右手をかざす。

「!?」

結愛の反応はほとんど反射だった。

短い詠唱と、三つの魔法陣の展開。それによって、強力な《反魔法《カウンターマジック》》を自らの正面に形成した。

ほとんど同時に逢真の手から炎の渦が出現し、結愛を包み込む。炎は《反魔法《カウンターマジック》》の障壁で防がれ、結愛の背後へと逃げていく。

間一髪のところだった。食らっていればこの世界《テラ》の体ではひとたまりもなかった。

「いきなり何を……!?」

「ふふっ、さすがだな勇者シャリン。転生しても魔法のセンスはまったく錆《さ》びついていない」

「！」

しまった、と思う。

自分は勇者としての記憶があるのかないのか、そして逢真《おうま》が魔王であると気づいているのかいないのか、曖昧にしていた。それが、逢真の突然の攻撃を完璧に防いでしまったことで、勇者としての記憶もあれば逢真を魔王としてきちんと警戒していたことも暗に明かしてしまった。

歯噛《はが》みする。してやられた。けれど今はそうする以外にできることはなかった。魔法を展開するスピードもその扱いも逢真のほうがずっと上。突然攻撃されて自分を取り繕う余裕などなかった。

「すまない、結愛《ゆあ》。こうでもしないとおまえはボロを出さない。勇者であると俺の前で認めさせるにはこうするしかなかった」

深々と頭を下げる逢真。

そんな逢真を見下ろしながら、少し冷静になった結愛は思う。

前世の記憶も相手が何者か気づいているかどうかも、逢真だって曖昧にしていたはず。

それなのに突然、どうして……。

「結愛……そろそろ腹を割って話してくれないか。おまえの力が必要なんだ」

頭を上げた逢真が言う。

私の、力……？

落ち着いて周りを見ると、部屋に被害はまったくない。

詠唱なし。魔法陣即展開。超高威力。そのくせ結愛以外には攻撃をかすりもさせない鬼のコントロール。

圧倒的な格上存在との対峙《たいじ》。

久しぶりのひりつく感覚。

その格上存在が頭を下げて助力を求めている。脅しているとも取れるこの状況。もし協力を断れば今度は攻撃をあてるぞという脅し。

ただ彼にそんなつもりはまったくないことを結愛は知っている。それは逢真のやり方ではない。

逢真は本当に、誠実に協力を求めているのだ。

結愛はふうっと息を吐き、緊張を緩めた。

「わかったわ、魔王ジェント……ううん、お兄ちゃん。話をしましょう」

少々荒療治だったが、お互いの素性を明かすことに成功し、逢真《おうま》はホッとする。
勇者――結愛《ゆあ》は頑固だ。一度決めたことを簡単には曲げない。逢真に正体を知らせないと決めていたのであればよほどのことがなければ明かさない。だから少々手荒な真似《まね》をさせてもらった。

3

「まずはお互いに知っている情報を整理しよう」

逢真は床に腰を下ろし、言った。結愛はベッドの縁《へり》に座り、ふむ、という感じで頷《うなず》く。

「七菜香《ななか》がゲームマスターだというところまでは行き着いたし、運営が使おうとしている魔法も検討がついている」

「人間の感情を魔力に変換するアレね」

結愛も《感情魔法《マギカエモーション》》の使用について感づいていたようだ。

「ああ。俺も当時から使い方はわかっていたが、危険だし使い勝手も悪いから使わなかった」

そもそも人間や魔族の感情を魔力に変換できることを発見したのは逢真である。そこから《感情魔法《マギカエモーション》》の基礎となる術式を組むまでは行ったが……心をもてあそぶような研究に嫌気がさし、途中で研究をやめた。

その後、一部の魔族が研究を続け大魔法として完成させた。だが制御が難しく、失敗して暴走した場合、国の一つや二つ簡単に吹き飛ばせる量の魔力が手に入るため、リスクが大きすぎたので、結局誰も使わなかったはずだ。そんなものを使うよりも普通に《召喚魔獣》を使って戦っていたほうがよほど効率がいい。

「おまえたちも結局使わなかったよな？」

「私たちは使えなかったのよ。当時は練度が足りなくて。でも……」

「研究の末、使えるようになった人間が現れたというわけか」

「うん」

逢真は天を仰ぐ。

「あんな大魔法を引っ張り出してきて、奴《やつ》らは何をしたいんだ？　いや実は一つだけ理由は思いついているが、そこまでバカだとは正直、考えたくない」

逢真が言うと結愛は自嘲気味に笑った。

「そこまでバカなのよ、奴らは」

「まさか……。人間界と魔界が分断され、世界は平和になったんじゃないのか？」

そうでないとしたら俺がやったことに意味はなかったのか。

「そうね。平和にはなった。間違いない。でも……人間ってホントにバカだからさ」

悲しげな表情で結愛は昔話を始めた。

＊

《召喚魔獣》が封印され魔界との行き来もできなくなった人間界。

そこは決して平和な世界などではなかった。

魔族という共通の敵を失った結果、人間界では各国どうしの関係が悪化。大きな戦争にまではいたっていなかったが、国どうしの小競り合い、小さな内戦などが各地で起こっていた。それらは魔族との全面戦争に比べればはるかにマシと言えたけれど、それでもやはり血が流れることには変わらなかった。

勇者シャリンは、その人望を買われ、各地に赴き、紛争鎮圧のために働いた。紛争当事者と話し合い、なんとか矛を収められる条件はないのか模索する。大変な仕事だった。でもシャリンは続けた。

魔王ジェントが命と引き換えにもたらしてくれた平和を守りたい。

その一心で。

魔族の脅威がなくなった以上、平和が壊れればそれは百パーセント人間の責任だ。

——そんな風にして奔走する彼女だったが、その活動も一年で終わりを迎えた。

ある日のこと。

その日も国どうしのトップの調整をしていたのだが、その帰り。

乗っていた馬車が突如《転送》《テレポート》した。

その直後、馬車に火が放たれる。

シャリンは扉から転げるように飛び出し、全身に《反魔法》《カウンターマジック》をかけ身を守った。炎、氷の刃《やいば》、風の刃、落石など、あらゆる攻撃魔法が襲い掛かるが全てを弾《はじ》き返《かえ》す。

シャリンがいたのは荒野の真ん中だった。街からはだいぶ離れている。

かなりの数の人間が協力して《転送》《テレポート》を実行したと思われた。

「創世旅団……」

取り囲む人間たちの衣装を見てすぐに何者であるか気づく。

黒装束。その背中には特徴的な文様——人類の英知を表す三つの目。

創世旅団のシンボルだった。

「死ね、勇者」

一斉に攻撃魔法がシャリンに向かって降り注ぐ。しかし今度は《反魔法》《カウンターマジック》をかけなかった。その必要はなかったのだ。不意打ちでなければこのレベルの魔法、普通にかわすことができる。

「わざわざこんなに人数を揃《そろ》えて私を殺そうなんて……へえ、私、そこまで目障りだった？」

「違う。おまえは人類を裏切った」

「……?」

「《召喚魔獣》66柱の封印と《嘆きの障壁》の設置。これはおまえが魔王と結託して行ったことだな」

そんな馬鹿な。

このことはシャリンと本当に一部の側近しか知らないこと。世間的には魔王が一人で勝手にやったことになっている。表向きは、魔王が人類の攻勢から逃れるために防壁を築いたということに。つまり、人間側の勝利で、領土は奪われたが、魔族は尻尾を巻いて逃げた。そういうストーリーになっているはずだった。

創世旅団などというカルト集団が真実を知っているわけがない。彼らは誰もシャリンのそばにはいなかったはず。

誰かが漏らしたのか?

いったい誰が……。

「裏切者には死を!」

「いい度胸ね。やれるものならやってみなさい!」

今考える必要はない。全員倒してからゆっくり訊《き》けばいい。

「たとえ勇者と言えど、これだけの人数相手ではどうしようもあるまい」

意気盛んに創世旅団のメンバーたちは攻撃を繰り返してくるが、有効打は一発も決まらない。

「舐《な》めてもらっては困るわ。ゴミがいくら集まってもゴミの山にしかならない。そんなもの、一撃で……」

「そう言うと思って、こういうものを用意させてもらった」

旅団のメンバーたちが掲げたものを見て、シャリンは思わず動きを止めた。

「――ッ!!」

何本もの十字架。

そこにボロをまとっただけの子どもたちが磔《はりつけ》にされていた。

シャリンと同じ孤児院出身の子どもたちのようだった。

「可哀想《かわいそう》だなぁ。勇者と同じ孤児院の出身というだけでこんな目に遭って。いいか、一歩でも動いたらこのガキどもの命はない」

「ほんっとうに、あんたたちって外道なのね」

シャリンはその場に立ち尽くす。

本来なら、子どもたちは小さな犠牲。世界を守るためには彼らを犠牲にしつつも巨悪を討たねばならないのかもしれない。

けれど心が折れてしまった。

最も敬愛する人——魔王ジェントの命を奪ってまで手に入れた平和。

それを、バカな理由で破壊しようと企《たくら》む人類。

そんな奴《やつ》らのために、この罪もない子どもたちを殺して何になる？

そして——自分が戦って、何になるの？

シャリンは抵抗をやめた。

「好きにしたらいいわ。あんたたちなんか滅んじゃえばいいのよ」

シャリンが無抵抗になった瞬間、その全身を魔法が焼き尽くした。

——魔王。

あなたがいつか行く場所に私も行ける？

あなたは自分の命がいつか尽きたら地獄に落ちると言っていた。でも私は、なんだかんだであなたは天国に行くんじゃないかと思ってる。

じゃあ私はどこに行く？

あなたが守ろうとした世界を守れなかった私は、天国に行けるのかな？

＊

「私は創世旅団に殺された」

結愛《ゆあ》は自室のベッドに座りながら、自嘲気味に言った。

「笑っていいわよ。人間どうしの仲間割れだもの。せっかく平和になったたっていうのに酷《ひど》いザマでしょ？」

「すべての人間がそういう奴らばかりじゃないさ。おまえみたいな奴もいる」

逢真《おうま》は言った。慰めたわけではなく本心だった。

「人間は、魔族は……そんな風にひとくくりにすることから戦争は始まる」

「そうね、気をつける」

頷《うなず》く結愛。

「ともかく。結愛のおかげでこのデスゲームの全貌が見えた。本格的につぶしにかかりたい。協力してくれるか？」

「……」

「どうした？」

「逢真。あなたも関わるの？」

逢真は眉をひそめる。何を言っているんだ？

「関わるに決まっているだろう」

「これは私たち人間の問題。あなたに責任はない。手を引いてもいいのよ？」

「だが無関係じゃない。いま俺はこの世界の住人だ。この世界には大切な人たち……友人、両親、部下、そしておまえがいる。みんなの平穏を乱す奴《やつ》は許さない」

「わ、私も入ってるの!?」

顔を赤くして驚いた様子を見せる結愛《ゆあ》。

そんなに意外だろうか？

「当たり前だろ。おまえはかつては勇者だったが今は俺の妹、家族だ」

「妹？　なんだ、そういうことか……」

結愛は微妙な顔をした。落胆しているようにも見える。不機嫌にも見える。

「まあおまえは俺のことは嫌いだろうから鬱陶しいかもしれないけどな」

大切な存在扱いされて不服だったのかもしれない。申し訳ないことを言った。

「別に。あなたがどう思おうと関係ないわよ」

プイっとそっぽを向かれる。

やはり逢真《おうま》から好意を向けるのは得策ではないようだ。まあ嫌っている相手から慕われても、な。

「でもわかった。あなたは頑固だし、一度言い出したら聞かないもんね。一緒に戦いましょ」

4

結愛と相談したところ、関係者でリモート会議をすることになった。

参加者は逢真、結愛、友梨《ゆり》、そして七菜香《ななか》だ。

逢真と結愛は逢真の部屋で逢真のスマホを使って参加。友梨と七菜香はそれぞれ自宅から参加だ。

「な！　あ！　え⁉」

画面が映った瞬間、友梨の表情がバグった。画面に逢真だけではなく結愛の姿もあったからだろう。

「驚かせてすまない、友梨。結愛は味方だ。俺と疎遠な演技も必要ない」

「つまり勇者にも協力を仰ぐ、と？」

「そうだ。次のデスゲームでは友梨、おまえにも動いてもらう予定だったが、戦力は多いほうがいい」

「ジェント様がそうおっしゃるなら止めませんが……私は忠実な配下です。ただ心配はありますね……」

「それはどういう意味？　裏切るかもしれないから？　それとも実力？」

結愛が挑発的に訊《き》く。

「当然、どちらもですよ」

「あら。異世界時代、あなたが一度でも私に勝てたことあった？」

「ふん。一対一で直接対決してないからわかりませんね。意地汚い人間風情は正々堂々と戦うとは思えませんし、これも何かの罠《わな》なのかも」

バチバチと結愛《ゆあ》と友梨《ゆり》の間で画面越しに火花が散っているような気がする。

「そのくらいにしておいてくれ。もともと敵どうし、協力するのは嫌だろうが、利害はお互い一致している。《召喚魔獣》66柱と《嘆きの障壁》は二人とも守りたいだろう」

「それはそうですけど……」

「まあね」

「じゃあ協力するんだ」

「ちょっとタンマ。逢真《おうま》が魔王で友梨ちゃんがその部下なのは聞いてたけど、えっと、結愛ちゃんは勇者なの？」

七菜香《ななか》から質問が出る。

「ああ。結愛は今は妹だが異世界にいたときは勇者だった」

「魔王と勇者ってことは敵どうしだよね？　え、それが兄妹《きょうだい》になっちゃったの!?　ヤバっ！　ずいぶんややこしいことになってるんだね？」

「なりたくてなったわけじゃないんだがな」

「でもそうか、妹……なるほどね。最大のライバルは結愛ちゃんか」

「ん？　ライバル？」

「こっちの話」

「おいちょっと待ってくださいビッチギャル。私を対象外にしたのは何故《なぜ》です？」

友梨からブーイングが出る。

「えー？　だって部下ってことはアウトオブ眼中かなって」

「そ、それで言ったら妹も親族だから眼中にないでしょう！」

「え？　知らないの友梨ちん。血が繋《つな》がってなければ兄妹でも結婚できるんだよ？」

「な、な、なんですと!?」

「悪いわねリリー、七菜香さん。妹特権、最大限使わせてもらうわ」

にやりと笑う結愛。

「ふふふ、ただのクラスメイトっていうのも強いよー？　なんていったって一番最近出会った女の子だから新鮮」

「く、クラスメイトなのは私も同じです……！」

「百年以上一緒にいて脈がなかった奴《やつ》が何言うのよ」

結愛が鼻で笑った。

「な、なにおう!!」

きゃあきゃあと三人で大騒ぎしている。意外と仲がよさそうでよかった。

「楽しく会話するのもいいが、本題に入っていいか？」

女子三名は一度じっと逢真《おうま》を見つめると、三者三様にため息をついた。

「まあこういう奴《やつ》だし仕方ないわね」

「ジェント様唯一の欠点です」

「二人とも苦労してきたんだね～」

なんだか自分の株が下がったような気がするが、気にしている時間はないので本題に入る。

「では作戦を説明するぞ」

細々とした説明をしていくうちに、夜は更けていった。

＊

暗く何もない空間だった。

赤い仮面をかぶった黒衣――デスゲーム〝ヘイトブリーダー〟のオーナーがたたずむように立っている。そして彼を囲むようにして、四つのクリスタルが浮遊していた。

創世旅団の幹部たちへの定期連絡だった。秘密の連絡をするために幹部たちが亜空間《サブスペース》を作り、そこに赤面を招いて交信しているのだ。

浮遊しているクリスタルは異世界《ドムスパトリア》にいる幹部たちと遠隔で通信するための魔道具《アーティファクト》である。一つにつき、一人と通信が繋《つな》がっている。

《魔王ジェントが転生していたとはな》

声はモザイクがかかったように変質していた。これは、幹部たちの素性がごく限られた存在にしか知らされていないからだ。〝ヘイトブリーダー〟の運営を任されるほどの地位にある赤面ですら、彼らの素顔を見たことは一度もなく、そのプロフィールも知らない。

それでも、この場に招いてくれたのは紛れもなく創世旅団の幹部たちであり、ここにいることを赤面は誇りに思っている。

《やっと殺し切ったと思ったら別の場所で生き返る……不死もここまでくると本当に鬱陶しいわね》

《奴《やつ》には何世代もの同志たちが蹂躙《じゅうりん》されてきました。これ以上の蛮行、捨て置くことはできませんね》

《〝ヘイトブリーダー〟も攪乱《かくらん》されてるって聞いたけど？》

四つのクリスタルが、次々と発言する。その声はいずれも落ち着いていたが、魔王ジェントへの憎しみと、彼の暗躍による損失への憤りが静かに込められていた。

「はい。二回ほど興行を潰されました」

対する赤面には負の感情はいっさい感じられず、なんなら楽しそうですらあった。

《ずいぶん余裕だな？》
《これ以上の失敗は許されないわよ？》
「ご心配なく。対策は準備してあります」
《ほう、あの不死王を倒す算段がついているのですか？》
「はい。奴はたしかに元魔王ですが、転生した現在は人の身。異世界《ドムスパトリア》にいたときのように万能ではありません。そして我々人類には……勇者がいます」
《勇者？　勇者シャリン・ローズも転生してるの？》
「はい。彼女を使おうと思います。魔王を倒すのは勇者と、相場は決まっているでしょう？」
　赤面のくっくっという笑い声が暗い空間に響いた。
《さすがだな。期待しているぞ、ロウプ》
「御意」
　赤面——ロウプは深々と頭を下げた。
　ロウプ——こちらの世界では城下貴英《しろしたたかひで》は、異世界《ドムスパトリア》時代から創世旅団の一員だった。戦死し、転生してからもそれは変わらない。
「きっと愉快な遊戯をご覧いただけることでしょう。ご期待くださいませ」

第6話　ラストゲーム

1

夕刻――。

デスゲームへと向かう者たちの集合場所に白波逢真《しらなみおうま》は立っていた。

相変わらずブラックリスト入りしている逢真だが、今回は結愛《ゆあ》が招待状を用意してくれた。結愛も異世界《ドムスパトリア》から転生してきた協力者とデスゲームについて調査しており、その協力者が手に入れてくれたのだ。

念のため、《幻惑《ダズリング》》の魔法を使って別人に扮《ふん》しつつ招待状を見せると、スタッフも不審がらずに逢真を車に乗せた。

いつものように車内で眠りにつき、会場で目を覚ます。

最初に集められたのは、やはりメルヘン趣味な洋風の部屋。参加者の数も十人程度と今まで通り。年齢、性別は相変わらずまちまちだ。

七菜香《ななか》の姿はない。彼女には別の場所で役割がある。

ディスプレイに黒装束の白い仮面が映し出される。

ゲームマスターだ。

ゲームマスターは例のごとく加工された声で報酬などの説明をする。参加者たちは報酬金額に興奮し、やる気に満ちている。このあとゲーム内容を聞かされて恐慌状態に陥ると思うと気の毒だった。

けれどまあ誰一人死なせる気はないので問題ない。予定通り進めば誰も死なずに済む。

逢真たちが案内された会場は裁判の法廷のような見た目だった。裁判官がいる場所には大きなディスプレイがかけられていて、そこにはイチゴのイラストが表示されている。

会場の床にはいくつもの真四角のパネルが敷き詰められている。一枚一枚にはディスプレイに表示されているイチゴのイラストが映っている。

《今回のゲームは〝パネルオーダー〟！》

会場に設置されたスピーカーからゲームマスターの声が響いた。ボイスチェンジャーで加工された声は男性なのか女性なのかわからない。

《ディスプレイに表示された絵柄と同じ床の上に立てばＯＫ。それ以外の床の上に立つとゲームオーバーで～す。猶予時間は五秒ほど。簡単でしょ？　ま、見てもらったほうが早いかな。こんな感じです！》

デモンストレーション開始。

ゴスロリのスタッフ人形が歩いてきて、ディスプレイに表示された絵柄とは違う絵柄が描かれたパネルの上に乗った。パネルが消失し、真っ逆さまに落下した。

ディスプレイには床下の様子が映し出された。

床下には、太さが野球のバットくらい、長さが人の身長くらいある棘《とげ》が無数に敷き詰められていた。ゴスロリ人形は体中を棘で貫かれ崩壊していた。

このゲームがデスゲームだと理解した参加者たちが恐慌状態に陥る。

（ここまで特に問題なしだな）

逢真《おうま》は静かに状況を観察する。

ゲームマスターは普通に興行を進めている。

逢真の仕事もまずは興行を成功させること。

作戦成功のためには、ＶＩＰの連中にきちんと楽しんでもらい、運営にも満足してもらう必要がある。

《それではゲームスタート!!》

ディスプレイ上でルーレットのように絵柄が変化する。同時に床の絵柄もランダムに変化していく。

そして一定時間が経《た》ったときにピタッと絵柄が決まる。

「い、いやああ！」

少女が一人、誤ったパネルの上に立っていた。

「はっ！」

逢真は落ちそうになった少女にそれとなく魔法をかけ、隣の正解のパネルに乗せた。

あんまり簡単に全滅してしまっては面白くない。ＶＩＰたちが手に汗握れる展開になるように演出する。

落とすなら散々もがいたあとに呆気なくだ。

《おお、三番！　意外と頑張ってるじゃないか！》

《意外とって……すぐ落ちると思っていたのに生存に賭けていたのか？》

《弱そうな奴《やつ》が勝つパターンも多い。それに、死にそうな奴に賭けたほうがスリリングじゃないか》

逢真の耳にＶＩＰルームの声が聞こえてくる。

逢真が放っておいた使い魔から来る情報だ。使い魔はＶＩＰルームの椅子の下に張りついて部屋内の音声を聞いている。その耳が逢真の耳とリンクし、音声を伝えてくる。

逢真はＶＩＰの様子をこの音声でモニターしつつ、ゲームをコントロールしていく。

参加者のプロフィールは事前に結愛《ゆあ》の協力者が手に入れてくれたので把握済み。どのＶＩＰが誰にどういう賭け方をしたかも音声を聞いて知っている。

一番盛り上がる形で進行するよう、ときにある参加者を窮地に立たせ、ときに意外な参加者を脱落させていく。

――三十分ほど経《た》ったころ、残っている参加者は逢真《おうま》を含めて七人だった。逢真がサポートしているせいか生き残りがかなり多い。

(そろそろ盤面を動かすか)

逢真は小さな声で詠唱をする。魔法陣が右手の中に小さく描かれる。魔法の準備をしながらディスプレイに表示されたブドウのイラストが描かれたパネルの上へと移動する。群がるようにほかのプレイヤーたちが逢真と同じパネルへと駆けてくる。

「はっ」

逢真は準備していた魔法を展開した。《風《ウインド》》という風を起こす初歩的な魔法だが、普通の人間に当たればひとたまりもなく吹っ飛んでしまう。

参加者たちはブドウのパネルに誰一人乗ることができず、次々と床下へ落下していった。

逢真一人が残り、ゲームが終了する。

《《《おおおお!!》》》

VIPたちの歓声。

《このまま次のゲームへ行くかと思ったが、ラストで一気に勝負を決めて来たな》
《これは読み切れなかった。くっ、私の負けだ》
《よい賭けだった》

ＶＩＰたちは短い興行ではあったが相応の満足を得たようだった。

《ゲームしゅーりょー！　優勝は八番さん！　おめでとうございまーす！》

会場の扉が開かれ、ゴスロリのスタッフ人形たちが入ってくる。

彼らに先導されながら逢真は部屋を出て廊下を歩く。

ほどなくして豪華な飾りつけがされた部屋に通された。部屋の真ん中には表彰台が置かれ、そのわきには札束が詰められた巨大な透明のブタの貯金箱。

会場の上部には観覧席が設けられていて、五名のＶＩＰが豪華な椅子に座り逢真を見下ろしていた。観覧席はガラス張りのカバーがつけられており、ＶＩＰたちは安全に参加者を見物できる。

《では賞金を授与しまーす。八番さんは表彰台に上がってください》

ゲームマスターの音声による指示を聞き、逢真は足を前に出し、そして――

ダンッ！

思いっきり床を蹴った。

重力を失ったようにふわりと浮き上がった逢真《おうま》の体は次の瞬間、観覧席のガラスの目前に迫っている。

逢真は前に宙返りし、その勢いで右のかかとをガラスに振り下ろした。

派手な音を立てながらガラスが粉砕する。

ＶＩＰたちは悲鳴を上げながら逃げ惑った。全員がガラスを浴び体中から血を流す。

「うわあああ!!」

「バカな!?　強化ガラスだぞ!?」

七菜香《ななか》の話だとガラスは銃弾でもびくともしないくらい強力なガラスで作られている。

だがその程度の強度、逢真にとっては紙切れ同然である。魔力を込めた一発の蹴りで簡単に突破できる。

逃げるＶＩＰたちに向けて逢真は右手をかざす。魔法陣が展開し、全員の体に魔法の縄が出現し、拘束された。逃げようとする勢いを殺せず、ＶＩＰたちは次々と床に倒れて転がった。

逢真は悠々と観覧席に着地する。

「何をしている！　スタッフども！　こいつを捕まえろ！」

VIPの一人が叫ぶが観覧席に控えているゴスロリ人形たちは微動だにしない。

「おい、なぜ動かない！」

「ゲームマスター！　早くスタッフたちに指示を出せ」

「残念だけど、それはできないんだよね～！」

観覧席に黒装束の白面――ゲームマスターが入ってきた。

仮面を外すとその下から現れたのは――

「お、おまえは！　この間火あぶりにした女じゃないか!!」

VIPたちが少女――七菜香を指さして叫ぶ。

「フフフ！　サプライズ成功♪」

実は前日に今回のゲームマスター予定者を逢真と友梨《ゆり》が捕らえ、代わりに七菜香を送り込んでいた。逢真のかけた極上の《幻惑《ダズリング》》のおかげで、運営の者たちはこの入れ替えにまったく気づかなかった。

もう七菜香であることを隠す必要がないので、逢真は魔法を解いている。

ゴスロリのスタッフ人形たちが動かないのは、七菜香によって「逢真を見逃せ」という命令を受けているためだ。

悔しげにわあわあVIPが叫んでいると、

「うまくいったみたいね」

「さすがはジェント様です！」

観覧席の入り口が開き、結愛《ゆあ》と友梨《ゆり》が入ってきた。

その後ろからは、ゲームオーバーになった参加者たち。

逢真《おうま》は先ほどのゲームの際、パネルの下に一面の転送魔法陣を敷いていた。落ちた参加者たちは魔法陣を踏んだことで《転送《テレポート》》し、最初に集められた部屋に移動。そこには七菜《なな》香《か》の手引きで侵入していた結愛と友梨が控え、移動してきた参加者たちに状況を説明していた。

そしてゲームの終了を待って、ＶＩＰの観覧席で合流したというわけだ。

結愛たちの後ろから七菜香も入ってくる。黒装束のままだが白面とフードは取っていた。

「オーナーはその奥の部屋にいるよ！」

七菜香が指をさす。

「さ、行こう！」

逢真、結愛、友梨、七菜香の四人が部屋へ突入する。

部屋の中は社長室のような場所で、デスクには赤面の黒装束が座っていた。

「おまえがこの興行の責任者《オーナー》か？」

「そうだ」

逢真が問うと赤面の黒装束は立ち上がりデスクのこちら側に回ってくる。

「さすがだ、魔王と勇者、そしてその協力者たち」

「何？」

「おや、素性が割れていることが意外かね？　我々もバカではない。逢真、最初に君が興行に現れてからすぐに身辺を調査させてもらった。そして勇者のほうは……最初から知り合いだった」

赤面を外すとそこから出てきたのは中年男性の顔だった。

四人がよく知る人物——城下貴英《しろしたたかひで》。

「城下!?」

結愛が声を上げた。友梨と七菜香も声こそ上げなかったが二人とも驚愕《きょうがく》の表情を浮かべている。

さしもの逢真も目を見開いた。

「あなた……そんな、創世旅団のメンバーだったの？」

「やはり気づいていなかったか。我ながらうまく隠しきれたようだな」

ニヤリと意地悪く城下は笑う。

「ひとつわからないことがある」

逢真が口を開いた。

「俺が魔王だとわかっていたのならなぜ潜り込ませた？」

「泳がせていたのさ。この状況を作りたかったからな」

「……？」

逢真《おうま》は背後に気配を感じた。

直後、首に圧力を感じ、逢真は顔を歪《ゆが》めた。

「ぐっ……！」

結愛《ゆあ》が後ろから逢真の首を両手で掴《つか》み締め上げていた。

2

「勇者！　貴様も裏切者だったのか！」

友梨《ゆり》が叫んだ瞬間、彼女の足下が爆散した。間一髪のところで飛び上がり、攻撃を避けた。しかしそのせいで逢真を助けに回ることができない。

結愛はその間も逢真の首を絞め続ける。やがてボキリと嫌な音がして逢真の首があらぬ方向に曲がった。

「ははっ！　いくら魔王でも突然の攻撃ではひとたまりもあるまい！」

城下《しろした》が笑った。

しかし、

《悪いがこの程度の攻撃で俺は死なない》

部屋全体に反響するような声が響いた。

声に従うように、結愛の腕の中で力を失っていた逢真の体が砂のように崩れ、空気に混ざって消えていく。それと時を同じくして、部屋の入口に魔法陣が出現し、そこから逢真の姿が現れる。

「ジェント様！」「逢真！」

友梨と七菜香《ななか》がホッとした様子で逢真に声をかける。

「《身代わり《パペット》》か。詠唱が素早いな。もしかして予想していたか？」

「あの程度のスピードの攻撃、見てからでも十分回避が間に合う」

逢真は結愛を見つめる。

「《洗脳《ブレインコントロール》》をかけられているな。味方に欺かれてはさすがの勇者もひとたまりもないか」

推測するに、結愛はずっと《洗脳《ブレインコントロール》》の影響下にあった。だが城下は魔法を発動させていなかった。ちょうど、ウィルスに潜伏期間があるように、《洗脳《ブレインコントロール》》にかかっていても発症はしていないという状態で結愛《ゆあ》は泳がされていたのだ。人間にしてはなかなか高度な魔法を使う。

逢真《おうま》は結愛の前に立ち、そして友梨《ゆり》に指示を出す。

「リリー。七菜香《ななか》と参加者たち、それからVIPたちを頼む。俺は結愛と城下《しろした》に対処する」

「了解です！　さあ、こっちに。ここは危険です」

「え？」

友梨に手を引っ張られ七菜香は虚を突かれたような顔になる。

「勇者と魔王が戦うんですよ。どうなるかわかったものじゃない。さっさと脱出しますよ」

「わ、わかった！」

部屋の外に二人の気配が消える。

「さあ作りたかった状況にしてやったぞ」

逢真は結愛を見据えたまま言う。

「ほう？　俺の思惑がわかっていると？」

城下が興味深げに片眉を上げる。

「おまえたち創世旅団は勇者が邪魔だったんだろう。だから向こうの世界《ドムスパトリア》で暗殺した。だが今度はこちら《テラ》に転生してきてしまった。始末したいがこっちだとできることが限られている。そこで俺と戦わせることにした。ついでに俺も目障りだから共倒れを狙っているというところだろう」

「さすがは魔王。洞察力も一級品か」

城下と話していると、巨大な火球が逢真に襲い掛かってきた。身を引いてかわすと壁に直撃し大穴が空く。

結愛が無詠唱で炎の魔法を放ったのだ。

「こんな狭いところで戦うのはダルいだろ。来いよ」

逢真は言いながら、穴から外へと飛び降りる。穴は表彰会場に繋《つな》がっている。

飛び降りた結愛は空中で両手を掲げた。

手の中が青く光り、大剣が出現する。

勇者の剣《メシュガー》。

かつて魔剣とされた凶悪な剣だったが、勇者シャリンの善性により魔の性質を鎮められ聖剣となったものだ。圧倒的な攻撃力を誇り、攻撃を受けた者の魔力を大幅に削り取る。

結愛が剣を振り下ろすと、斬撃がエネルギー波として飛んでくる。床をえぐりながら強烈な勢いで逢真に向かってきた。

遠距離にも攻撃可能で、近距離にも対応している。

逢真は斬撃をかわしつつ、結愛を見つめる。

約二十年ぶりに対峙《たいじ》する勇者はさすがの貫禄《かんろく》だった。

「相手として不足はないな」

3

作戦通りだ。

対峙《たいじ》する逢真《おうま》と結愛《ゆあ》を見下ろしながら、城下《しろした》はほくそ笑んでいた。

向こうの世界《ドムスパトリア》で勇者を倒すのは本当に苦労した。同じ苦労をこちら《テラ》でもするのは御免だ。しかも魔王までいると来ている。まあ長いことこちらの世界《テラ》で研鑽《けんさん》を積んだ城下であれば魔王も勇者も敵ではないが、面倒事はできるだけ避け、安定を取りたい。城下は慎重なタイプなのである。慎重さは仕事をするうえでは美徳だ。

奴《やつ》らにはつぶし合ってもらう。

戦闘能力的には魔王のほうが上だ。だが奴は甘ちゃん。城下の洗脳で無慈悲になった勇者であれば、もしかしたら刺し違えることも可能かもしれない。

仮に刺し違えられなかったとしても……魔王はかなりの痛手を受けるはず。

そこを城下が安全に刈り取る。

完璧な作戦だ。どこにも隙はない。

こうして邪魔者は消え、城下たち創世旅団の宿願は果たされる。

＊

逢真と結愛の戦いは、主に結愛が斬撃を繰り出し、それを逢真がよけるという形で続いていた。

斬撃の威力は前の世界時代《ドムスパトリア》に比べるとありえないほど弱い。

転生者は何もしていない状態だと、転生前の一パーセント程度しか魔力を運用できない。この世界《テラ》の体では魔力の奔流に耐えられないのと、そもそもこの世界《テラ》の魔力濃度が前の世界《ドムスパトリア》に比べると薄いため、魔力を揃《そろ》えるのに慣れが必要なのだ。

結愛が運用できている魔力はおそらく、もといた世界の五パーセント程度。それでも元の容量が桁外れなのでかなりの威力を誇っている。感覚的に自分の魔力で自分の体を守っているから、莫大《ばくだい》な魔力の奔流で肉体が破壊されることもない。人間離れした天性の魔力センスはこちらの世界でも健在だ。

結愛が剣を振り下ろすと、床が派手な音を立ててえぐられた。

逢真はその攻撃を後ろに跳んでかわしたが、逢真の着地した場所めがけて、空から光の槍《やり》が降ってくる。それらは逢真を貫くかに見えたが、空中で勢いをなくして霧散した。逢真があらかじめ唱えておいた《反魔法《カウンターマジック》》によって無効化されたのだ。

だがすぐに背後から炎の渦が逢真《おうま》に襲い掛かるため、逢真に止まっている暇はなかった。すぐに飛びのいてそれをかわす。

——勇者シャリンは地水火風光闇すべての属性の魔法を高度に操る。また高位の無詠唱魔法も多数習得している。それらの特性から勇者は多数の魔法を空間上に平行展開して同時多発的に攻撃を繰り出してくるため、勇者一人と戦っていても、まるで大人数の魔術師と戦っているような気分になる。事実、勇者一人で魔術師の一軍団に匹敵する。

とはいえ今は出力が抑え目だ。一対一の戦いだから範囲を大きくする必要はない。どんなに大きな魔法を放っても有効打を与えられなければ意味がないからだ。洗脳されていてもいつも通りクレバーな戦い方をする。

逢真でなければ一分と立っていられなかっただろう。

逢真は反撃はせず、攻撃をしのぐだけだった。結愛《ゆあ》と戦う必要性を感じなかった。なぜなら洗脳を解けばいいだけで、結愛を戦闘不能にする必要はないからだ。

「我……彼の者を戒めし軛《くびき》を滅する」

逢真による短い詠唱と三つの魔法陣の展開。《洗脳《ブレインコントロール》》を解くために詠唱を開始した。

結愛との距離はおよそ三メートル。

結愛の額にも逢真の周囲に描かれた魔法陣と同じ文様、数の図形が展開を始める。しかし途中でガラスのように光の粒となって砕け散ってしまった。

「ほう、意外にも強固な魔法を施しているな？」

どうやら遠距離では魔力が減衰し《洗脳《ブレインコントロール》》を解除しきれないようだ。わざわざ汎用的な《反魔法《カウンターマジック》》ではなく、結愛に施された魔法用に即興《アドリブ》で調律《チューニング》したのに効かないとは、相当高度な魔法技術が使われている。

一パーセントしか魔力を運用できていないのが仇《あだ》になった。特に必要を感じていなかったので魔力に体を耐えさせる訓練をしてこなかったのがこんなところで足を引っ張るとは。

――近づいて直接叩《たた》き込《こ》むしかないか。

逢真が地面を蹴ったのと、結愛が後ろに跳んだのは同時だった。

結愛は逢真の姿勢を見てすぐに彼の意図に気づき距離を取ったのだ。あまりにも適切な状況判断だった。

これで洗脳されているなんて笑いがこみあげてくる。本当に意思の部分だけを奪って残りは完全に結愛のままのようだ。これでは普通にやっていては近づかせてくれない。

攻撃が苛烈さを増していく。逢真はどんどん逃げ場がなくなっていった。結愛自身は逢真から一定の距離をしっかり保っている。

どうにかして近づく方法を考える必要がある。

(あまり悩んでいる時間はないな)

逢真は荒いが確実な方法を選択することにした。

魔法攻撃を避けようとして逢真《おうま》は足を滑らせた。その場に転倒しそうになるのをうまく体を捻《ひね》って体勢を安定させることで防いだが、それが大きな隙になった。

その隙を結愛《ゆあ》は見逃さない。

勇者の剣を両手で握りしめ、まっすぐ飛び掛かってくる。

そのあまりのスピードに、逢真はかわせない。

剣が深々と逢真の左胸を貫いた。

「ぐ、は……」

口から血を吐き、目から光がなくなる逢真。

「ははは！　やったな！」

城下《しろした》の高笑いが会場に響く。

心臓を貫かれ生気を失った逢真の目。

それを見下ろす結愛の目もまた生気がない。洗脳されているからだ。

「素晴らしい。勇者が魔王を倒したぞ！　この瞬間に立ち会えて人類として誇らしい」

パチパチと大袈裟《おおげさ》に拍手をする城下。

だが――

逢真の右手が結愛の額を掴んだ。

「何!?」

直後、逢真の手の中で魔法陣が展開される。

「きゃっ」

体に電撃が走ったかのように結愛が一度大きく痙攣《けいれん》したかと思うと、目に光が宿った。

「ジェント……私……！」

「解けたな」

結愛は慌てた様子で逢真から剣を抜き、捨てた。

胸から剣を抜かれた逢真は血を吐きながら片膝をついた。

「ごめんなさい、ジェント……」

逢真の肩を抱いて助け起こしながら結愛が言う。

「問題ない」

「でも……」

何か言おうとした結愛だったが、ふらっとよろけた。

逆に逢真が支えてやる。

「確実を期すために魔力の量を必要以上に高めた。体に負担がかかったんだろう。悪いな」

「そんなこと……くっ」

「無理しないでおまえは逃げろ。後は俺がやる」

「逃げられないぞー」

城下《しろした》が笑いながら言った。

逢真《おうま》と結愛《ゆあ》はすぐに気づく。

「これは……結界？」

結愛が言った。

いつの間にか会場には結界——強固な魔力によって作られた障壁が張られていた。

「ただの結界じゃないな」

逢真は魔力を感じ取りつつ言う。

「どちらかと言えば《空間《フィールド》》。脱出不可以外の効果もありそうだ」

「たしかに……体が重い……」

「ふふふ。この中では、俺にはバフがかかり貴様らにはデバフがかかる」

城下は得意げだった。

「おまえたちの魔力は十分の一以下になっているはずだ。ただですら少ない魔力が本当に微弱になっているのが自分でもわかるだろう？」

「なるほど。どうりでずいぶん頼りない魔力しか感じられないわけだ」

逢真は右手を握ったり開いたりして、自分の体内に流れる魔力を確認した。

「ククク。目論見《もくろみ》通りだ。相打ちとはならなかったが、魔王は瀕死《ひんし》で勇者も動きが封じられた。だいぶ楽に二人とも狩れそうだ」

城下は舌なめずりしそうな顔で逢真と結愛を見ている。

かなり不快だから、さっさと倒してしまいたいが、結愛を一人にしておくのが心配だった。

「リリー、いるか？」

「こちらに」

すーっと霧が集まってきて少女——友梨《ゆり》の姿が現れる。

「七菜香《ななか》とＶＩＰは？」

「沖島《おきしま》さんは自宅に送り届けました。ＶＩＰどもは会場の外に縛りつけてあります」

「ご苦労」

「いえ」

「では勇者のことを頼む。俺はこいつを倒す」

「御意」

やり取りをしている逢真と友梨に、城下が茶々を入れる。

「忠義は素晴らしいが運が悪いな、使い魔。空間《フィールド》内に入ってきていなければ死なずに済んだものを」

「何わけのわからないことを申しているのですか？　別にどこにいようが貴方《あなた》に殺されることなどありえません。なぜなら貴方はここでジェント様が始末するからです」

「盲信しているなぁ。その顔が悲しみに歪《ゆが》むところを見るのが今から楽しみだ」

友梨《ゆり》は城下《しろした》を無視して結愛《ゆあ》に肩を貸す。そして空間《フィールド》の端に瞬間移動する。

そして魔法陣を展開し、小型のドーム状の結界を張り、友梨と結愛を包み込んだ。半透明なそれの中で、友梨は結愛を床に座らせ、自分は優雅な立ち姿で逢真《おうま》たちを見つめた。

これで二人は安全だ。

「待たせたな城下。さあ、勝負だ」

逢真が言い終わる前に城下から仕掛けてきた。

闇の稲妻が逢真に襲い掛かる。

逢真は横に跳んでかわそうとするが、そもそも稲妻の範囲が広すぎてすべてをかわすことができず、右腕に食らってしまった。

「……？」

黒く焦げた皮膚を見ていぶかしく思う。

ダメージを受けたのは別に問題ない。だが、傷が治らないのはなぜだ？

「……！　勇者の剣の効果が効いている⁉」

結愛が声を上げる。

勇者の剣《メシュガー》は攻撃を受けた者へ《魔力干渉《インターヴェンション》》を起こす。たとえば防御魔法がかかっていれば解除してしまうし、そのあとにバフをかけたり回復をかけたりする場合にも、効果を阻害する。

その強烈な《魔力干渉《インターヴェンション》》のせいで、逢真の《自己再生《リコンスト》》が止まってしまっていた。

「ふははは！　最大の長所を失ったな！」

城下が笑いながら闇の稲妻で逢真を焼く。

「再生能力もない、魔力も小さい。これではただの人間だ!!」

逢真は攻撃をかわすが、やはりあまりにも攻撃範囲が大きいためにかわし切れない。

結愛の攻撃による《魔力干渉《インターヴェンション》》の影響で体を修復できないせいで身体能力も落ちている。

歯噛《はが》みする結愛。

「ジェント！」

そのことに責任を感じているようだった。

実際に結愛のヘマなのはたしかだ。城下に騙《だま》されなければこんなことにはならなかった。

とはいえ、同郷の人間に裏切られたのだから騙されても仕方ないのではないかと逢真は思っている。むしろその人のよさがカリスマを放ち、人類を率いていたのだと逢真は考えている。そこはいいとこどりはできない部分だ。

悪いのは結愛ではなく騙した城下のほうだ。

その城下《しろした》は……

「クク……これだけでも勝つのはたやすいだろう。だが貴様はドムスパトリア最強の魔王。念には念を入れないとなぁ。――出《い》でよ!!」

城下の命令とともに魔法陣が空中に展開。空間に五メートルはあろうかという亀裂が斜めに入った。

亀裂から、人差し指、中指、薬指、小指……左右それぞれの指が一本ずつ出てきたかと思うと、その巨大な両手がギギギと不快な音を立てながら空間を引きちぎった。

空間に空いた大穴から巨大な青い馬の頭が顔を出す。

続いて、人間の足が……肩が、腕が…………。

馬の頭を持った全長五メートルほどの巨人が姿を現した。

「あ、あれは……リヴエヴィル………!」

結愛《ゆあ》が震える声でその名を呼んだ。

「そう。《召喚魔獣》第44柱〝白夜の悪夢〟リヴエヴィル」

「《召喚魔獣》はすべて封印したはずなのに、なぜ……!?」

「興行《ヘイトブリーダー》でずいぶん魔力を溜《た》めさせてもらったからな。《召喚魔獣》一柱の封印を解くくらい造作もないのさ」

ククク、と城下は喉を鳴らして笑った。

「さあリヴエヴィル、魔王ジェントを抹殺しろ！」

城下の命令に従ったリヴエヴィルが手をかざすと、逢真《おうま》の周囲を囲むようにして深い青色をした影が次々と浮き上がった。その数、十体。

影たちは、高く――リヴエヴィルと同じくらいの背丈まで伸びあがり、蠢《うごめ》きながら人の形をとり始める。人の形とは言ってみたものの、顔に目はなく、ただぽっかりと黒い口のような穴が空いているだけ。手足の長さのバランスも悪く、個体によっては腕や足が三本、四本あるものもいた。

影たちはじりじりと円を狭め、逢真を追い詰めようと近づいてくる。彼らを逢真はただ無感動に眺めているだけだった。

「動かないのか？」

「ああ。普通に攻撃しても無駄だからな。リヴエヴィルは悪夢を見せる魔獣。この影どもは幻影で普通の魔力では手出しできない」

「潔いな。では死ね」

リヴエヴィルが掲げた手を振りおろす。

影が一斉に逢真に襲い掛かった。

「ジェント!!」

結愛の悲鳴にも似た呼びかけもむなしく、影が逢真を包み込み、そして青い炎となって燃え上がった。

炎が消えたときには跡形もなくなっていた。床に青黒いしみが広がっているだけ。本当に何もなければ、うまく回避したのかもしれないと希望も持てたが、床のしみが、逢真《おうま》が幻影によって抹殺されたことを暗に示している。

そして結愛《ゆあ》は、逢真の魔力がたしかに消失したのを感じていた。

逢真は——魔王ジェントは、死んだ。

「そんな……」

力なく結愛はその場にへたり込んだ。

まさかここで《召喚魔獣》が復活するとは思わなかった。《召喚魔獣》一柱は、単体で一国の軍隊複数分の戦力となる。おまけに逢真は勇者の剣によって回復不能の状態になっていた。魔王は不死身ではなくなっていたのだ。

「ククク、ありがとうよ、シャリン。貴様のおかげで魔王を殺すことができた」

城下《しろした》が高笑いする。

「いいねぇ、すごくいい。封印によって《召喚魔獣》が弱っていないか心配だったが杞憂《きゆう》だったようだな。ククク、この調子でデスゲームで得た負の感情を魔力に変換し、俺たちは《召喚魔獣》を解放していこう。そして魔界へと乗り込むんだ。魔界の奴《やつ》らはひとたまりもないだろうなぁ。人間の天下が来る!!」

城下は高く高く笑った。

「しかもそれをデスゲームをやりながら達成できるなんて、最高だ！　人間の本性が見えて本当に愉快だからなぁ。楽しみながら目的を達せられるなんてこれほど素晴らしい計画はない！」

城下が話している間に、リヴエヴィルが新たな幻影を呼び出した。幻影たちは揺らめきながら地上に出現すると、一体ずつ、ゆったりとしたペースで結愛と友梨《ゆり》を取り囲む。

結愛はうなだれた。

もう終わりだ。友梨の魔法障壁ではリヴエヴィルの幻影の攻撃を防ぎきれない。二人の実力ではリヴエヴィル本体を倒すことも叶《かな》わない。

結愛たちの負けだ。

だが――

「何をうなだれているのです？」

頭の上から凛《りん》とした声が降りてくる。

声の主――友梨は、背筋を伸ばし、堂々たる様子でその場に立っている。今まさに襲われようとしているにもかかわらず……そして目の前で主人が殺害されたにもかかわらず、一切の動揺が見えない。

「顔を上げなさい、勇者」

「でも……ジェントは死んだ。これで私たちも、もう………」

友梨《ゆり》はきょとんとした。まるで結愛《ゆあ》の言葉の意味がわからないとでも言うように。

そして、フッと笑った。

「なるほど、貴女《あなた》は私たちの負けだと思っているのですね？」

小バカにしたような笑みだった。

絶望の中に、苛立《いらだ》ちが少し入ってくる。

「この状態で勝算があるの？」

「勝算……というか、ジェント様が戦い始めた時点で、もう私たちの勝ちに決まっているんですよ。なぜならジェント様が負けるわけがないからです」

「？？？」

「盲信もここまでくると滑稽を通り越して戦慄するな」

城下《しろした》が茶々を入れてきても、友梨は態度を崩さなかった。

「愚者は哀れですね。本当に何も見えていない」

「ほざきおって。やれ、リヴエヴィル！」

城下が指示を出すと、幻影たちが一斉に結愛と友梨に襲い掛かる。

だが
《グ、ギャアアアアァァァァ!!》

幻影たちが結愛たちのもとにたどり着くことはなかった。突如、幻影が青い炎を上げたかと思うと、そのまま霧散してしまう。

「え？」

「は？」

結愛と城下が同時に驚きの声を上げる。友梨だけが余裕の表情でたたずんでいる。

友梨と結愛の目の前——二人を庇《かば》うような場所に魔法陣が展開され、黒い光を放った。中から現れたのは……。

白波逢真《しらなみおうま》——魔王ジェント。

「ば、バカな……！　確実に殺したはず!!」

城下が驚愕《きょうがく》に目を丸くし、叫んだ。

結愛は驚きすぎて声も出なかった。

「ふふふ、まったく、ここには愚か者しかいない。死んだくらいでジェント様を止められると思っているなんて」

友梨がくすくすと楽しそうに笑っていた。

「なぜだ！　死んだのに生き返った!?　蘇生《そせい》魔法は存在しないはず……!!」

「そんなに驚くことか？　蘇生以外にも死んでもここに来る方法がもう一つあるだろう？」

声を張り上げて尋ねる城下《しろした》に対し、逢真《おうま》は不思議そうに首をかしげる。

結愛《ゆあ》は逢真が何をしたかすぐにわかった。

死んでも生きている、その方法。

結愛たちみんなの身に起こったことだ。

「転生……」

「そのとおりだ」

結愛の言葉に逢真は頷《うなず》いた。

「ば、バカな……！　転生は確率で起こるもの。意図的に起こせるわけが……」

「この転生魔法は俺が作ったものだ。確率を設定したのも俺。それを少しいじって、今回は絶対に転生できるようにさせてもらった」

逢真はこともなげに言い放つ。

「か、仮に転生したとして……なぜ先ほどと姿かたちの変わらない貴様がいる⁉　まだ赤ん坊のはずだろう⁉」

「ああ、そうか。人間たちは《成長《グロース》》の魔法を使わないんだったな。寿命の短い人間に使うのは危険すぎるから」

一歩間違えると、一気に寿命を使い切る危険があるので人間たちは《成長《グロース》》を使いたがらない。魔族は必要に応じて使う。逢真はきっとコントロールを誤らなければ人間にもか

なり有効な魔法だと思っているのだろうが、なかなか人間には恐ろしくて使えない魔法である。

「ジェント様は誕生直後に《成長《グロース》》を発動し、十七歳まで年齢を進めたのです。ちなみに、外見が白波逢真《しらなみおうま》様と同様なのは、DNAを調整しているからで……」

「うるさい!!」

得意げに解説していた友梨《ゆり》は遮られて不愉快そうにため息をついた。

と、リヴエヴィルの動きが止まっていることに、結愛《ゆあ》は気づいた。

これだけの会話の時間、止まっているのは不自然だ。

見てみると……

《ギギ、ギギィイイイ……》

リヴエヴィルは逢真を見つめて固まっていた。自らの攻撃を受けて無傷で立っている逢真に怯《おび》えているように見える。

「安心しろ、リヴエヴィル。おまえの相手は俺ではない」

そんなリヴエヴィルの内心を読むかのように逢真が言った。

逢真が指を鳴らす。

空間に亀裂が入り、中から巨大な二本の曲剣が飛び出してきた。地面が振動し、曲剣の重さを結愛たちに伝えた。

そして空間の亀裂から堂々と出てきたのは——金色のたてがみと黒い獅子《しし》の頭を持った長身の戦士だった。筋骨隆々の体は赤い文様の描かれた甲冑《かっちゅう》に包まれており、攻撃力、防御力共にかなり高いことをうかがわせる。

「第13柱〝漆黒血漓《しっこくけつり》の獅子〟ブリード……」

結愛はつぶやいた。

第13柱、漆黒血漓の獅子ブリード。魔界側が保持していた《召喚魔獣》の一柱だ。二本の曲剣を操る重戦士。そのストレートな近接系の見た目とは裏腹に、この魔獣に傷つけられたものの傷は時間とともにじわじわと腐っていき、決して治らず自壊していってしまうという、陰湿な能力もある。陰陽併せ持つ魔獣だった。

《グルルルル!!》

リヴエヴィルが唸《うな》り声《ごえ》をあげた。ブリードを見て威嚇している。

《グオオオオオオ!!》

それに応えるようにしてブリードが咆哮《ほうこう》する。

ブリードが床に刺さった曲剣を軽々と抜くと、リヴエヴィルへ飛び掛かった。振り下ろされた剣を、リヴエヴィルの幻影たちが集まって防ぐ。

刃《やいば》と影がぶつかった瞬間、禍々《まがまが》しい魔力が大量に放出され空間《フィールド》に充満した。結愛《ゆあ》は魔力障壁で守られているのに胸が潰されそうになった。友梨《ゆり》も苦痛を覚えているのか顔をしかめている。

「ぐあああ……」

直接魔力にあたってしまった城下《しろした》は、片膝をついて呻《うめ》いていた。

逢真《おうま》だけが余裕の表情で立っている。

「魔に誘われし力の奔流よ、場を清め、そして集え…………」

静かに詠唱を始める逢真。その詠唱に従うようにして無数の魔法陣が空中に生成され乱舞する。

魔法陣はリヴエヴィルとブリードの周囲にそれぞれ取り囲むようにして浮遊した。

「――――戒めよ」

ブリードの剣戟《けんげき》に幻影の攻撃がぶつかった、そのとき――魔法陣が一斉に赤黒く輝いた。無数の光がひも状に伸び、リヴエヴィルとブリードの体を拘束する。二柱の魔獣は逃れようと暴れ、そのたびに邪悪な魔力を周囲にまき散らす。結愛は身構えるが、魔力はこちらに当たってこなかった。詠唱を終えた逢真が魔力障壁を張ってくれたようだ。

やがて縛りつけられた二柱の魔獣は動かなくなった。

二柱の周囲にクリスタルが形成され、クリスタルが輝きながら収縮を始める。

クリスタルは人間くらいの大きさになっていた。

クリスタルの中を見ると、魔獣の姿が消え、代わりにそれぞれ一人の少女が目を閉じて収まっている。

リヴエヴィルのほうには青いネグリジェを着た栗色《くりいろ》の髪の少女が——

ブリードのほうには黒のゴシックドレスを着た金色の髪の少女が——

「い、いったい何をしたんだ……!?」

一人、魔力に当てられたままの城下が息も絶え絶えといった様子で言う。

「《召喚魔獣》どうしの魔力を使って、互いを封印した」

逢真が答える。

「リヴエヴィルが放った魔力を利用してブリードを、ブリードの放った魔力を利用してリヴエヴィルを、それぞれ封印した。別に俺自身の魔力を使ってもよかったが、もともとこいつらは膨大な魔力を放ちながら戦っていた。せっかくなら利用したほうが安上がりだ」

「安上がりだと……!?　そんなことをするためには、二柱に全力で戦わせつつ、魔力の拮《きっ》抗《こう》した一瞬を狙って、魔獣を封印するための魔法術式をくみ上げなければならない。いくらなんでもタイミングがシビアすぎる!!」

「それがどうかしたか?」

「バカな……不可能だ……そんな真似《まね》………」

「浅薄な人間。人間の価値観でジェント様を見てはいけませんよ?」

友梨《ゆり》が肩をすくめながら言う
結愛《ゆあ》は、ただただ圧倒されていた。

これが……魔王ジェントの実力。

異世界《ドムスパトリア》での戦争時代、人間界と魔界の戦争は拮抗《きっこう》していた。わずかに魔界がリードしていたものの、人間界は十分に善戦していると結愛は思っていた。

違う。

魔王ジェントによって拮抗させられていたのだ。

ジェントは《召喚魔獣》を、それも二柱、赤子の手をひねるようにして無力化してしまった。もはや《召喚魔獣》をもはるかに超える戦闘力だ。そんなジェントなら、人間をすべて殲滅《せんめつ》し焼け野原にしてよければ、とうの昔にそうして戦争を終わらせることができたに違いない。だがそれをしなかったということは、魔界にも人間界にも致命的な事態が起こらないように戦争を巧妙にコントロールしていたとしか考えられない。

なぜそんなことをしたのか。

それはきっと、彼の優しさゆえ——。

結愛は驚き、感嘆すると同時に、頰《ほお》が上気し、胸の中で心臓が早鐘を打っているのを感じていた。

「く、くう……まだだ。しょ、しょせんは自分の魔力ではなく、魔獣の魔力を利用しただけ。自分の魔力は大したことない。そうに決まっている！」

城下《しろした》は立ち上がり、右手をかまえる。

「俺はこちらの世界《テラ》で研鑽《けんさん》を積むことで元の世界時代《ドムスパトリア》のおよそ九十九パーセントの魔力量を実現している。レベルが違うんだ！」

魔法陣を展開し、魔力を蓄積していく城下。大きな魔法を使用する準備をしているのだ。

バチバチと雷撃が弾《はじ》けながら、城下の手の前で、巨大な雷のエネルギー球が形成され、肥大化していく。

「くらえ!!　大魔法《灼熱雷神撃《ゼウスブレイズ》》!!」

闇の雷が逢真《おうま》に襲い掛かる。

だが雷の球は逢真の鼻先で突如、動きを止めた。

「あ……え………？」

呆《ほう》けた声を上げる城下。

「どうした⁉　なぜ動かない⁉」

「俺が止めたからだ。おまえの魔力の動きを」

「魔力の動きを止める？　どういうことだ？」

「単純な話だ。俺の持つ魔力を放出してこの空間《フィールド》内に満たした。おまえの魔力はがんじがらめになり身動きを取れなくなった。魔力そのものが消えたわけではないから雷も残っている」

「ば、バカな……そんなことができるのは、術者どうしの間に圧倒的な魔力量の差がある、とき、だ、け、だ」

城下《しろした》はうろたえたように唇を震わせた。

「そのとおりだ。おまえの魔力量は俺の魔力量よりも圧倒的に少ない」

「ありえない。おまえは覚醒していない。そのうえこの空間《フィールド》では魔力が十分の一になる。そんな状態でなぜ俺の魔力より圧倒的に大量の魔力を用意できるんだ⁉」

「簡単なことだ。もとの魔力が強大であれば一パーセントでも〇・一パーセントでも、おまえたちからしたら脅威になるだろう。おまえを倒すためなら千分の一もあれば十分すぎる。それだけの話だ」

「く……！」

逢真《おうま》の言葉を侮辱ととらえたのか、城下は顔を赤くした。

「だが、肉弾戦はまだできるはず！　くらえ！」

城下は逢真に向かって走って距離を詰め、拳を繰り出した。

だがその拳を、逢真は人差し指一本で受け止めた。

「な……！　身体強化の魔法!?　俺の魔法を止めるだけの魔力を使って……まだ魔力が残っているのか!?　く、くそ！　動かない!!」

城下は額に青筋を立てる勢いで拳を前に出そうとしているが、拳は人差し指に止められてピクリとも動かなかった。

「止まるように命じてあるからな」

「魔法陣なしで魔法を!?」

「魔法陣は描いていたさ。一瞬だったからおまえの目には見えなかったのかもしれないが」

「ふざけるな！　こんなデタラメあってたまるか!!」

泡を吹くようにわめく城下。

「あれだけの魔法を使っていて、まだあんなに力が残っているの……!?」

結愛《ゆあ》が感嘆の声を上げた。

「力量が違いすぎるのです。さしずめ授業のようですね。いたずらをした生徒にジェントル様が教育を施しているかのようです」

友梨《ゆり》は驚くほどのことではないといった様子で言うが、結愛は信じられないものを見るような顔で逢真《おうま》を見つめている。

逢真の実力に関する理解量は結愛《ゆあ》よりも友梨《ゆり》のほうが上だ。逢真の身内であり間近で彼をずっと見てきたからだ。友梨は、人類との戦いで逢真が全力を出していなかったことを知っている数少ない人物である。結愛ですら知らないことだ。だから結愛が今の状況に驚くのも無理はない。

「見下されるのも目障りだ。座ってもらおうか」

「ぐ、があぁ」

逢真が言うと、城下《しろした》がまるで背中に重りを載せられたように体を折る。

城下は両膝をつき、座っているのがやっというように息も絶え絶えになった。

「さて」

逢真は片膝をつき、城下の顔を覗《のぞ》き込《こ》む。

「せっかく終わった戦争を再開させるわけにはいかない。おまえたちの計画は潰す。手始めにおまえとVIPたちを行動不能にする。ただ、普通にそれをするだけでは……ちょっと気がすまないな」

逢真は楽しげに言った。実際、口角も上がっている。

だが目は笑っていない。

氷のように冷たい目で城下を射すくめている。

「戦争を再開させる。それだけで大罪だ。だがおまえたちはもう一つ大きな罪を犯した。この世界の人々の感情をもてあそび、そして命を奪うという罪を」

一気に部屋の温度が下がったかのような戦慄を城下、結愛、そして友梨さえもが覚えた。

「片方の罪であっても万死に値する。しかし二つ。それではただ殺しても殺したりない」

パチンと指を鳴らす。

魔法陣が城下の下に描かれる。

「だからおまえたちには地獄に落ちてもらう。魔王の用意した、魔の地獄に」

＊

城下が目を覚ますと、そこは廃墟《はいきょ》だった。

ボロボロの建物の中。辺りには棚やマネキンなどが転がっている。衣服だったり小物だったり家具だったり食べ物の入れ物だったり……どうやらもともとはショッピングモールだった場所のようだ。

城下がいる場所は一階だった。長い吹き抜けになっており、二階が見渡せる。

「何だ？　何が起きた？」

先ほどまで逢真と戦っていたはずだ。

体が動かなくなり、逢真《おうま》から見下され……ダメだ思い出せない。気づいたらここにいた。

「おい、ゲームマスター」

中年の男に話しかけられる。

興行を観戦していたＶＩＰの一人だった。

見ると、先ほどの興行にいたＶＩＰが全員一階にいることに気づく。皆、同時に目を覚ましたようで、呆《ほう》けた顔をしている者が多い。

その中でいち早く動き出し、そして城下《しろした》に話しかけてきたのが件《くだん》の中年男だった。

「どうなっている。変な女に捕まったと思ったら、わけのわからないところに連れてこられたんだが……」

どうやら城下をゲームマスターと勘違いしていて文句を言っているようだった。城下は自分を見下ろす。黒装束。顔に面もある。中の色からおそらく赤面だから七菜香《ゲームマスター》とは見た目が違うのだが、ＶＩＰたちからしたら同じなのだろう。

「それは……」

ＶＩＰのご機嫌は取っておきたいが、城下自身、状況を把握できていないから言葉を濁すしかない。

《皆、目を覚ましたようだな》

少年の声が聞こえた。

魔王――白波逢真《しらなみ》の声だった。

空間全体に響いているがスピーカーのようなものから出ている感じはしない。不思議な感覚だった。

「貴様……いったい何をした」

《俺の作った亜空間《サブスペース》に転送した》

「何？」

亜空間《サブスペース》なら《反魔法《カウンターマジック》》で抜けられるかと思ったがダメだった。

《無駄だ。おまえの力では外に出られない》

「何なんだ貴様は！　こんなところに私たちを入れて何がしたいんだ！」

ＶＩＰの一人がわめいた。

《おまえたちにはこれから殺し合いをしてもらう》

しんと静まり返る。

この男は……俺たちにデスゲームをやらせるつもりなのか!?

《何を驚いている？　おまえたちが今まで人々にやらせてきたことだぞ？》

逢真の声は無感動だ。当たり前のことを言っているに過ぎないと言いたげだった。

「おい、ここから出せ。金なら払う。いくらほしい？」

「何が望みだ？　金以外でもいくらでもいろいろ叶《かな》えてやるぞ？　そうだ、うちの会社の役員なんてどうだ？」
「それよりも女だろう。極上の快楽を用意してやる！」
VIPたちが口々に逢真《おうま》を買収しようとするが……。
《………。なぜこうも品のない連中が権力を持っているのだろうな》
逢真はため息をついた。頭に手をあてて呆《あき》れている、そんな雰囲気で。
《すべての権力者がこうではないのだろう。けれどおまえたちのような存在は異世界《ドムスパトリア》でも見てきた。そしておまえたちのような連中のせいで人々は苦しめられ、命を落としていった》
逢真の声が厳しくなる。
《次はおまえたちの番だ。今まで人に散々してきたことを自分たちでやってみるといい》
問答無用の宣告。
有無を言わさぬ口調だった。
《ルールを説明する。最後まで生き残った者が勝ち。フィールドはショッピングモール内。外に出たら失格、つまり死だ。また時間制限がある。五分毎《ごと》にフィールドが狭まっていく。そしておまえたちは今、丸腰だが、このショッピングモール内にはさまざまな銃器が配置してあるから拾って使うといい》
いわゆるオンラインゲームのバトロワゲーを現実でやるようだ。

城下《しろした》は思う。冗談じゃない。なぜ俺がこんなことを。こんなゲームは底辺のクズどもにやらせておけばいいんだ。

と怒りつつ、そうだ、一位になればいいだけの話ではないかと思い至る。

城下は魔術師だ。ここにいるＶＩＰのゴミどもとは違うのだ。

（ちょうどいいじゃないか。金を払っているからというだけでワガママ放題だったＶＩＰどもに目にもの見せるチャンスだ。今までは奴《やつ》らがいないと興行が成り立たないから我慢していたが……この状況じゃ殺すしかないからなぁ）

城下はニヤリと邪悪な笑みを浮かべる。

異世界出身《ドムスパトリア》の城下からすれば、デスゲームに参加する者も観客であるＶＩＰも、どちらも魔法が使えない雑魚にすぎない。

自分は格上だと思っている奴らを蹴落とすのは気持ちがいいだろう。


ゲームが開始されると、混迷を極めた。

素直に身を隠しつつ武器を探す者が多かったが、たとえば、

「これだけの金を後で払ってやるから協力しろ」

と別の者に持ち掛ける奴もいた。そもそも一人しか生き残れないゲームなのに買収など不可能だがお構いなしに話しかけている。そして銃殺されていた。

殺人に躊躇《ちゅうちょ》のある者がいないのが印象的だった。自分の手を汚してこなかった者たちばかりだろうが、間接的に人を殺した経験があれば直接殺すことも可能らしい。追い詰められれば誰でも人を殺すというだけの話かもしれないが。

城下《しろした》が突っ立っていると男が前に現れた。かなり太っている、三十歳くらいの男だ。両手でサブマシンガンを持っている。慣れない様子で、サブマシンガンに背負われているような印象を受ける。

ふん、と城下は鼻を鳴らす。銃はこの世界《テラ》では最強の武器だが城下たち魔術師からすれば玩具《おもちゃ》も同然だ。《抗物理《アンチフィジカル》》の魔法を使えば簡単に防げるからだ。いま男が持っているサブマシンガンは銃弾を乱射できるという銃の中でも強力な部類とはいえ城下たち魔術師にとっては問題ない。

男が引き金を引いた。反動に耐えられず、思いっきりのけぞってほとんどの弾が天井に放たれた。

それでも数発が城下に向かって飛んでくる。

しかし城下は銃口が火を噴いても余裕の表情だった。《抗物理《アンチフィジカル》》はすでにかけてある。鉛玉による攻撃など何の効果もない。

——はずだった。

「ぐはっ！」

一発が右肩に当たった。激痛が走る。血が激しく噴き出した。

「ば、バカな……！」

魔法がかかっていない⁉　なぜだ⁉

《悪いがズルができないようにすべての魔法を封じさせてもらった》

逢真《おうま》の声が頭の中で聞こえた。

魔力をたどると、フィールド全体に《反魔法《カウンターマジック》》がかかっていることに気づいた。城下の実力ではまったく歯に立ちそうにない、果てしなく高度な術式だった。

《人間の本性が見たかったんだろう？　近くでじっくり味わうといい。その人間の中にはもちろんおまえも含まれているがな》

城下は寒気を覚えながら男が持つサブマシンガンを見つめた。

魔法が使えなければ城下はただの非力な人間……。

できることはただ一つだけだった。

「ち、ちくしょう‼」

くるりと男から背を向けて逃げる城下。

その背中に弾丸が降り注ぐ。一度射撃をして反動の大きさを学んだ男が今度はかなり正確に撃った弾丸が。

「うぎゃあ！」

血しぶきを上げながら前のめりに城下《しろした》は倒れた。即死だった。

＊

ゲームの結果は「生存者ゼロ」。
最後の二人になったときに二人同時に弾丸を放ち、それぞれ直撃を受け絶命した。

エピローグ

最初に集められた部屋に、逢真《おうま》をはじめとするデスゲームの参加者、七菜香《ななか》、友梨《ゆり》、そして結愛《ゆあ》が集まっていた。

部屋の真ん中には札束の山。

「ゲーム参加者に平等に分配する。持って帰ってくれ」

逢真に指示され参加者たちは金を受け取ると、魔法陣に呑《の》まれて消えていった。逢真が《転送《テレポート》》で外に送ったのだ。

「デスゲームはなくなったから……あとは頑張って借金を返済するだけだね。頑張ろ」

七菜香が言うと、逢真は首を横に振った。

「そのことだが……借金は返さなくてよくなったはずだ」

「え？」

「友梨」

「はい。こちらをご覧ください」

友梨が指を鳴らすと、空中にタブレット端末が出現する。

端末には動画が映っていた。

雑居ビルの一室のようだった。そこに警察が踏み込み、中にいた男たちを次々と取り押さえていく。

「七菜香《ななか》さんの両親にお金を貸していた組織ですが、城下《しろした》先生がオーナーでした。彼が倒されれば維持するのは難しいのです。今までは警察の連中に《洗脳《ブレインコントロール》》をかけることで目くらましをして手を逃れていましたが、解けたらこの通り。即逮捕です」

「じゃあ……」

「ああ。返済の必要はなくなる」

七菜香がほっとした顔をする。

「逢真《おうま》。ホントに、ホントにありがとう！」

＊

「ジェント、なにやってるの？」

「ん？」

家に帰ったあと、逢真が自宅マンションの屋上で物思いにふけっていると、結愛《ゆあ》がやってきた。

「少し考え事をしていた」

「こんなところで？」

「バカだから高いところが好きなのさ。それに風が気持ちいい」

「わざわざ通行人から見えないように魔法を使って姿を隠して。魔力の無駄遣いは体に悪いわよ？」

「いいんだ。少しでも魔力の運用能力を高めておきたいから」

「……もしかして気にしてるの？　城下を倒すのにちょっと時間がかかったこと」

「よくわかったな」

「何年あなたと戦ってきたと思ってるの？　舐《な》めないでよ」

結愛は得意げに胸を張った。

逢真のような魔族にとっては、結愛とともに戦った期間は一瞬だ。けれど結愛のような人間――特に若かった彼女にとっては、あの三年は非常に長期間に感じられるのだろう。

とはいえ結愛ほどの理解者を人類で得られていないのも事実だった。

「……城下を倒すのにそもそも時間がかかった。それだけじゃない。おまえの洗脳を解くのも……本来なら触れる必要などなかったはずだ」

百パーセントの力があればあそこまで手間取らなかったのは間違いない。

そのせいで結愛をはじめ大切な人たちを危険にさらしてしまった。

「今回は誰も死ななかったからいい。でも次は違うかもしれない」

わずかな時間が生死を分けるということを、数々の修羅場をくぐってきた逢真はよく知っていた。

「そういうストイックなところ、正直、尊敬するわ。今だって十分強いのにもっと強くなろうとするなんて」

「俺を褒めるなんて珍しいな。敵どうしなのに」

「相手が敵だろうと私は公平よ。それに……今は味方どうし、でしょ？」

最後は自信なさげに小さな声になっていた。上目遣いで恐る恐るといった感じで聞いてくる。

「そうだな」

逢真《おうま》は微笑《ほほえ》む。

「だが、ここからは俺と友梨《ゆり》でやる」

真顔になって逢真は言う。

「は？」

「城下《しろした》は創世旅団のトップではなかった。デスゲームはおそらくまだ存在する。俺はそれをすべて潰すつもりだ。それは魔王である俺と配下である友梨で行えばいいことで……」

「私もやるに決まってるでしょ。なに、ハブるつもりだったの？」

「いや、でも……」

おまえは白波結愛《しらなみゆあ》として普通の高校生活を謳歌《おうか》すればいい、と言おうとして遮られる。

「あなただけの問題じゃない。私だってあなたと一緒に世界の平和を築いた勇者なんだから。悪いけど、最後まで付き合わせてもらうわよ」

「まあいてくれるのはありがたいが……」

こうなったら譲らないだろう。

心強いけれども危険にさらしたくない。そんな少しアンビバレントな感情が逢真を満たす。

「私がいれば絶対解決できるわ！　何て言ったって勇者なんだから！」

けれど自信満々に言う元宿敵を見て、敵対しているときから味方であってほしかった人物が仲間になってくれたのだから、これはこれでいいのか、と思う逢真であった。

＊

月曜の朝――。

「おはようございます」

「おはよう、逢真」「おはよう、逢真くん」

自宅のリビング。逢真がいつもどおり朝の挨拶をすると、返ってくるのは二つだけ――と思いきや。

「お、おはよう、お兄ちゃん」

「「「！」」」

──結愛《ゆあ》から挨拶が返ってきた。

「偉いじゃない！　結愛！　やればできる子！」

「ありがとう結愛ちゃん！　うんうん！」

「ちょっと、お母さんもお父さんも大袈裟《おおげさ》！」

大喜びする父母を、ダイニングテーブルについたまま鬱陶しそうに結愛は見ている。

「おはよう、結愛」

そんな結愛に改めて逢真《おうま》は挨拶をした。

そう、もう俺たちは敵どうしではないのだ。

そのことを噛《か》みしめながら。

「うん、おはよう」

結愛はちょっとはにかみながらまた挨拶を返してきた。

「……」

逢真が朝食を取っていると、なぜか結愛はダイニングテーブルについたままだった。なんとなくソワソワしている感じがする。

「どうした？　学校、行かないのか？」

逢真が尋ねると、

「えっと……せっかく同じ学校だし、一緒に行こうかなって…………ヤダ？」

「いや、別に嫌じゃないが。でも俺みたいな陰キャと一緒で大丈夫か？」

「大丈夫かってどういうこと？」

「陰キャの兄貴と一緒だといじめられたりしないか？」

「それは別にへーキだよ。お兄ちゃん、自分で思ってるほど見た目悪くないと思うよ？」

そうだろうか？

「それより、一緒に行ったほうが都合がいいのよ」

「ふーん」

よくわからないが、結愛がそう言うのであれば、そうなのだろう。


というわけで二人での初登校である。

結愛と一緒に歩いていると、近くを歩く生徒たちがチラチラとこちらを見てくる。結愛はかなりの美少女なので隣に陰キャの逢真がいるのが気になるのかもしれない。

「彼氏……ではないよあ？」

「じゃあ兄貴？」

そんな会話が聞こえてきそうである。

と、

「ジェントさ……あ!!　勇者！　貴様なぜジェント様の隣に！」

友梨《ゆり》が現れた。

「何って、一緒に登校してるだけ。兄妹《きょうだい》だから」

「むむ……！」

「友梨、どうした？　俺なんかと一緒に登校するつもりなのか？」

「はい、お側仕《そばづか》えを再開しましたので。そしてなんか変な虫がだいぶ寄ってきたので虫よけのためにもと思ったのですが……さっそくへばりついている害虫がいますね！」

ギギギギ！　と結愛《ゆあ》を睨《にら》みつける友梨。そんなに目の敵にしなくても。もう敵じゃないんだから、と逢真《おうま》は苦笑する。

「お側仕えなら後ろに控えてれば～？　私はお兄ちゃんの横を歩かせてもらうから」

と言って結愛はなぜか逢真の右腕に腕を絡ませてくる。豊満な胸が腕に当たってなんというか、とても気まずい。

「な、な、な！　なんという破廉恥な行為！　はしたない人間風情め！　ええい！　だったら左腕は私が――」

「残念でしたー！　左は私のものでーす！」

いつの間にか現れた七菜香《ななか》が逢真の左腕に絡みついていた。こちらもやはり胸が腕に当たってしまい、逢真としてはどうしたらいいのかわからず固まってしまう。

「あ――――！　モブギャルの分際でジェント様の腕を取るなど――――！」

「早い者勝ちだよ早い者勝ち！」

「早さだったら私が一番最初にジェント様と出会ったのに――――！」

「奥手すぎるあなたが悪いわ！　私は数年で行動に移した！」

きゃあきゃあと女子三人が逢真の周りで喚《わめ》き散らす。

「し、仕方ない！　では私は背中から失礼しまーす！」

むぎゅ――っと背中から抱き着いてくる友梨。背中に胸のふくらみが当たってやはり
――以下略。

「お、おい、なんだあの陰キャ、めっちゃモテてね？」

「あれうちのクラスの白波《しらなみ》逢真だよな？」

「なんでうちの学校の三大美女に囲まれてるわけ？」

通学路では嫉妬だったり驚きだったりの視線が逢真に向けられていて、いやこれは俺の責任ではぜんぜんなくて俺も事情を聞きたいくらいなんだと弁明したくなった。

「お兄ちゃん。配下とかギャルなんかじゃなくて、やっぱり妹が一番だよね？」

「いえ、数百年共に過ごした配下こそ至高、ですよね⁉」

「いやいや、ボーイミーツガールって感じで、最近出会ったギャルが最強だよね⁇」

「え、えーっと……」

とはいえ、自分の大切な人たちが元気いっぱいに過ごしているのだから、自分が守りたかった日常は守れたのだろうと、満足する逢真《おうま》であった。

了

あとがき

お疲れ様です、高橋《たかはし》びすいです。

担当さんが「新作やりましょ」と言ってくださったので、なんかネタ出さなきゃな～といろいろ考えたのですが、なんということでしょう、何も思いつかなかったのです。

書かない作家はただの人。いえ、書くくらいしか能がないので、書けなかったらそれ以下かも……。

「ヤバい、なんとかしてネタをひねり出さなければ、う～～～ん」と唸《うな》りながら、藁《わら》にもすがる思いでネタ帳をひっくり返していました。

すると、
デスゲーム。吸血鬼だから再生して死なない。

という文言を発見。

多くの人にとってはおそらく意味不明な怪文書ですが、そこは自分で書いたメモなので、「なるほど、死なない奴《やつ》にデスゲームをやらせるってアイディアか。面白そうじゃん」と一瞬で意味を把握し、さっそく企画書を練り練り。

「今風にするなら吸血鬼じゃなくて転生してきた不死身の魔王のほうがいいな」とか、いろいろ改変をしていたら本作が出来上がりました。

ありがとう、過去の自分。おかげでまだ作家でいられるよ。


最後に謝辞を。

担当編集のAさん。大変お世話になりました。いつも対応が迅速で的確なので、とても助かりました。ありがとうございました！

イラストレーターのｋａｋａｏ先生。素敵なイラストをありがとうございました！　逢真《おうま》はカッコいいしヒロインたちは可愛《かわい》いしで、イラストが上がるたびにニマニマさせていただきました。

そのほか、この本の出版に関わってくださった皆様。ありがとうございます！

そして何より、この本を手に取ってくださったあなたに最大限の感謝を。ありがとうございます！

では、またお会いできる機会があることを祈りつつ――。

高橋びすい

白波逢真
70cm

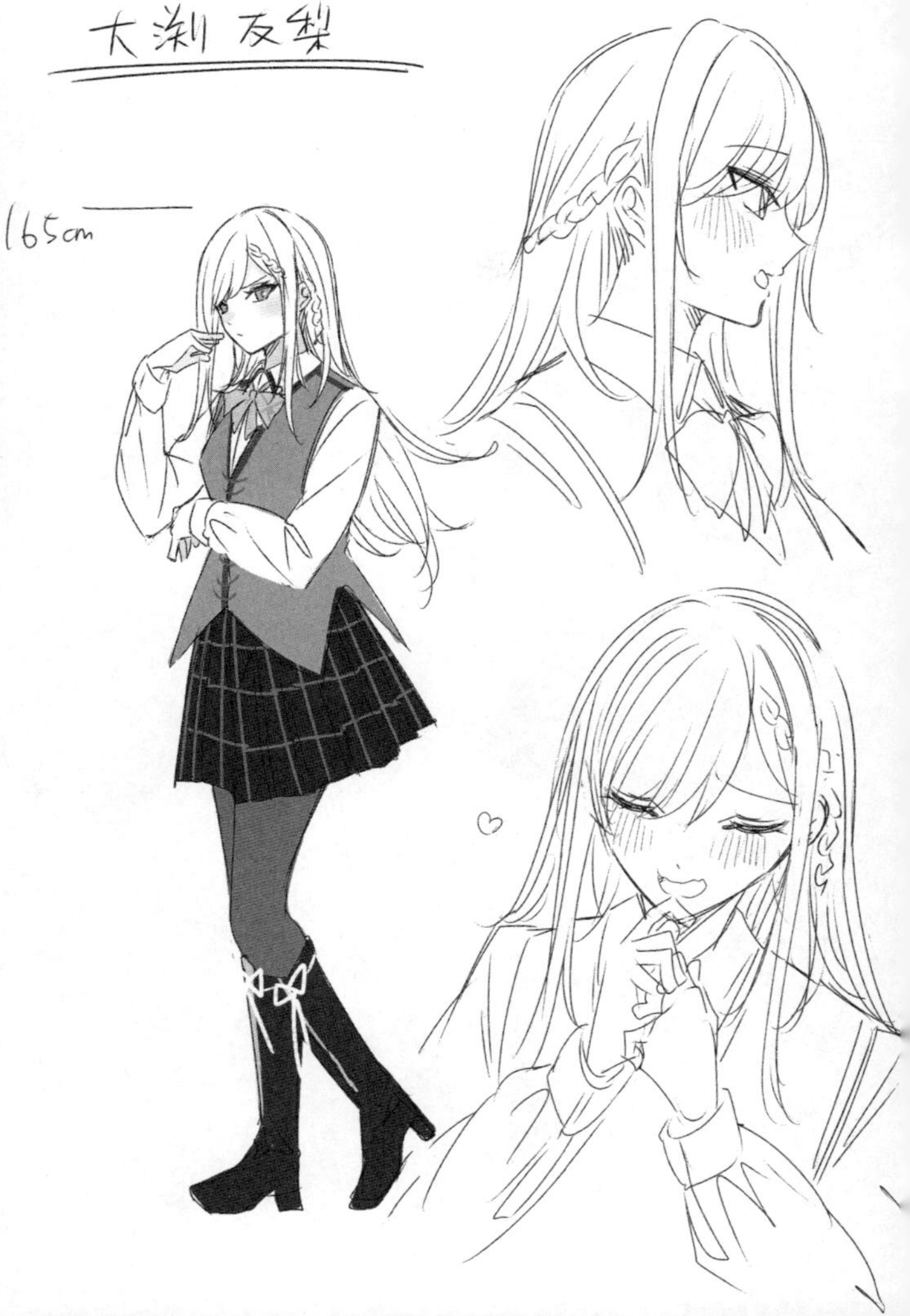

大渕 友梨
165cm

白波結愛
55cm

沖島七菜香

城下貴英
75cm

MF文庫J

前世不死身の魔王にとって、デスゲームはぬるすぎる

2025年 1月25日　初版発行

著者　高橋びすい

発行者　山下直久

発行　株式会社 KADOKAWA
〒102-8177 東京都千代田区富士見 2-13-3
0570-002-301（ナビダイヤル）

印刷　株式会社広済堂ネクスト

製本　株式会社広済堂ネクスト

Printed in Japan　ISBN 978-4-04-684442-2 C0193

◇◇◇

【 ファンレター、作品のご感想をお待ちしています 】
〒102-0071 東京都千代田区富士見2-13-12
株式会社KADOKAWA　MF文庫J編集部気付「高橋びすい先生」係　「kakao先生」係

グッバイ宣言シリーズ

好評発売中

著者：三月みどり　イラスト：アルセチカ

原作・監修：Chinozo

青い春に狂い咲け!

INFORMATION

ベノム 求愛性少女症候群

好 評 発 売 中

著者：城崎　イラスト：のう

原作・監修：かいりきベア

悩める少女たちの不思議な青春ストーリー